華麗なる誘惑

サラ・モーガン 作

古川倫子 訳

ハーレクイン・イマージュ

東京・ロンドン・トロント・パリ・ニューヨーク・アテネ・アムステルダム
ハンブルク・ストックホルム・ミラノ・シドニー・マドリッド
ワルシャワ・ブダペスト

The Greek Children's Doctor

by Sarah Morgan

Published by Harlequin K.K., Tokyo, 2005

◇作者の横顔

サラ・モーガン　イギリスのウィルトシャー州生まれ。看護婦としての訓練を受けたのち、医療関連のさまざまな仕事に携わり、その経験をもとにしてロマンス小説を書き始めた。すてきなビジネスマンと結婚し、小さな男の子が二人いる。子育てに追われながらも暇を見つけては執筆活動にいそしんでいる。アウトドアライフを愛し、とりわけスキーと散歩が大のお気に入り。

主要登場人物

エリザベス・ウエスタリング……看護婦。愛称リビー。
アレックス・ウエスタリング……医師。リビーの兄。
キャサリン・ロドリゲス……医師。リビーの姉。愛称ケイティ。
ジェイゴ・ロドリゲス……医師。ケイティの夫。
ベヴ……看護婦。
フィリップ……医師。
アンドリアス・クリスタコス……医師。
エイドリエン……アンドリアスの姪。

1

「リビー、あなたをオークションに登録しておいたわ。番号は十六番よ」

リビーは赤ん坊を抱きあげ、怖いものでも見るかのように病棟看護婦のベヴを見た。「まさか、冗談よね」

「大まじめよ」ベヴは目を細めて赤ん坊を見おろした。「この子の調子はどう？」

「よくなってるわ。でも、もう少し水分を補給してあげようと思って」リビーはやさしく言い、温めておいた哺《ほ》乳《にゅう》瓶に手を伸ばした。「私はオークションには出ないわよ、ベヴ。そう言っておいたつもりだけど」

「だめよ！」ベヴはリビーの隣の椅子に腰を下ろし、彼女に訴えるような視線を向けた。「あなたはこの病院で一番の美人よ。とても高い値がつくわ」

リビーは顔をしかめた。「ひどい女性差別ね！」

「でも、本当のことでしょう。さあ、イエスと言って。これは立派な目的のための催しなんだから」

「完全なる堕落だわ。いったいなぜこんなことを思いついたの？　頭がおかしくなったんじゃない？」

「そもそもこれはあなたのアイデアだったのよ」ベヴは穏やかに言った。「もっとも、それはあなたがまた男嫌いになる前の話だけど。みんなとても楽しみにしているわ。今回のオークションでプレイルームを作るお金を集めて、ここを世界一設備の整った小児科病棟にするつもりなんだもの」

「あのときは私もどうかしてたのよ。とにかく、私はオークションには出ないわ。かわりに寄付をするから」リビーは赤ん坊の唇にそっと哺乳瓶を当てた。

「寄付をすればいいってものじゃないわ。チームワークのためにも参加してもらわないと。あなたは小児科の人気看護婦ですもの」

「だったら、とりあえず見に行くわ」リビーは赤ん坊が哺乳瓶を口に含んだのを見て満足げにほほえんだ。「まあ、いい子ね」

「いいえ、絶対にステージに立ってもらうわよ」ベヴはきっぱりと言った。「それに、新しい相手に出会うチャンスじゃないの！　きっといろいろなタイプの男性が集まるわよ。背が低いのやら高いのやら、やせたのやら太ったのやら……」

リビーは身震いした。「外見なんて関係ないわ。中身はみんな同じだもの。私は興味ないわ」

ベヴは居心地悪そうに身じろぎした。「オークションは明日の夜なのよ！　プログラムも刷りあがっているし、あなたの名前も載っているわ」

「まあ、あきれた！」リビーは同僚をにらみつけた。

「楽しいじゃないの。背が高くてハンサムな見知らぬ男性があなたのためにお金を払うなんて。ブラインドデートだと思えばいいのよ」

「私はデートはしないの」リビーはにべもなく言った。「ブラインドデートであろうとなんであろうと」

「あなたにだって相手を選ぶ権利はあるのよ」ベヴはなんとかリビーをなだめようとした。「お父様から受け継いだ莫大《ばくだい》な信託財産を使えば、すてきなデートの相手を落札できるわ」

「私がそんなばかな女に見える？」リビーは怒りの表情を浮かべ、友人の顔を見た。「一人でいてなにがいけないの？　今は女性も自立できる時代よ。独身でいてもなんの問題もないわ」

「確かにそういう人もいるでしょう。でも、あなたは違うわ。あなたは子供好きだし、子供たちからも好かれている。結婚して母親になるのがあなたにとって正しい道なのよ」

「小児科の看護婦のいいところは、男性の手を借りなくても子供たちと一緒にいられることね」

ベヴはため息をついた。「ねえ、あなたが男性と幸せな関係を築けなかったのは知ってるけど――」

「幸せな関係？」リビーはおもしろくもなさそうに笑ったが、赤ん坊が不安げに体を動かしたので声を落とした。「フィリップと別れたあと私がどんなみじめな気持ちになったか、詳しく説明しなくてはならないの、ベヴ？」

ベヴは唇を噛《か》んだ。「いいえ。でも、みじめな気持ちになる必要なんかないわ。あなたは間違ったことをしたわけではなかったんだもの」

「私は結婚している男性とデートしたのよ」

「でも、彼が結婚しているとは知らなかった」

「彼が奥さんとベッドの中にいるのを見るまではね」

ベヴは目を閉じた。「傷ついたのはわかるけど、それはあなたのせいでは――」

「もちろん私のせいよ。私は簡単に人を信用しすぎた。彼は妻の話などまったくしなかったから、私は彼が結婚していないと思いこんでしまったの」リビーは喉にこみあげた固まりを必死にのみ下しつつ、再び心をかき乱されている自分に腹を立てていた。フィリップのことでは二度と涙を流すまいと誓ったはずなのに。「私にはろくでなしの男を見分ける力はないわ。一人でいるほうがずっと安全なの。だからオークションのことは忘れて」

ベヴは小さく咳《せき》払いをした。「あなたにも社交生活は必要よ、リビー。来月の病院関係者のパーティはどうするの？　パートナーが必要でしょう？」

「パーティには行かないわ。私は仕事に人生を捧《ささ》げ、ロマンスは忘れることにしたの」

ベヴは目を大きく見開いた。「行かないですって？　そんなことをしたら、フィリップはあなたがまだ自分を忘れられずにいると思うでしょうよ」

「もし私がそこへ行き、彼も来ていたら、血の雨が降るでしょうね」リビーは哺乳瓶の角度を調節しながら言った。「彼は正真正銘のろくでなしよ。おかげで私は、見た目のよさとろくでなしの度合いは比例するという公式を発見したわ」

「公式？」

「ええ、男性の行動について判断する私なりの物差しよ」

ベヴはくすりと笑った。「赤ちゃんの前でする話じゃないわ。四カ月の子にはショックでしょうよ」

「こういうことを学ぶのは、早ければ早いほどいいわ。政府は男性に〝健康上有害〟という表示をつけるべきよ」

ベヴは耳を貸さなかった。「あなたが短いスカートをはいて髪を下ろしたら、きっと目標どおりのお金が集まるわ。そうすれば子供たちのためにすてきなプレイルームを作れるのよ。おもちゃや机やたくさんの本、ホワイトボードも揃《そろ》えて……」

リビーはもう一度断ろうとして口を開きかけたが、あきらめたようにため息をついた。

確かにこれは私のアイデアだから、みんなも私が参加すると思いこんでいるだろう。だが、私は男性に落札されるなんて絶対に耐えられない。

もし女たらしのフィリップが私を落札したら、今まで避けてきた彼との話し合いに応じざるをえなくなる。

だったら、だれも払えるはずのない高値を自分につけたらどうだろう？

解決策を考えつつ、リビーは赤ん坊の口から哺乳瓶をはずし、肩に抱きあげた。赤ん坊は満足げに鼻を鳴らしている。そのとき、ふいに名案が浮かんだ。そうだ、兄に私を落札させよう。どうしてもっと早く考えつかなかったのだろう？

「わかったわ、引き受けましょう」リビーは自分の思いつきに満足し、ほほえんだ。「だれにも手が出せない値をつけてアレックスに落札させるわ」

フィリップには絶対に落札させるわけにいかない。

私が突然フラットを訪ねたとき、フィリップは息をのむほど美しいブロンド女性と一緒にベッドにいた。その女性は結局フィリップの妻だったのだが、彼は一言もそんな話をしていなかった。それ以来、フィリップは必死に私と話し合おうとしている。

そう、フィリップは結婚していた。私に嘘《うそ》をついていたのだ。

「明日の人手は確保できているの？」

ベヴは憂鬱《ゆううつ》そうに首を振った。「看護婦は足りないけど、幸い月曜日から新しい顧問医が来ることになっているから、状況は少しよくなると思うわ」

ここしばらく顧問医の数が足りず、それはスタッフたちにとって大きな重荷となっていた。

「じゃあ、明日は早く出勤するわ」リビーが申し出ると、ベヴは唇を噛み締めた。

「そんな無理はさせられないわ。あなたは今日も長時間の勤務だったし……」

「頼まれたからではなくて、自分からそうしているのよ。ところで、新しい顧問医は女性？　それとも、やはりろくでなしかしら？」

ベヴは笑った。「男よ」

「そう、なかなか思いどおりにはいかないものね」

リビーは残念そうにほほえんでから赤ん坊のなめらかな頬を撫《な》で、慎重にベッドに寝かせて上掛けをかけてやった。

赤ちゃんは本当にかわいい。こうして世話をしていると、私も自分の赤ちゃんが欲しくてたまらなくなってしまう。

赤ちゃんを産むには男性が必要だなんて、まったく残念な話だ。

アンドリアス・クリスタコスがぶらりと病棟を訪れたのは、それからほぼ二十四時間後のことだった。彼は身長が百九十センチ近くあり、肩幅が広く、思わず目を見はるほどハンサムなギリシア人男性だ。

突然、強烈な男らしさを漂わせた彼と向き合った夜勤の看護婦は、手にしていた書類を落としたまま、言葉を失っていた。

予告もなしにやってきたのはよくなかったと思いつつ、アンドリアスはブロンズ色のほっそりした手を差し出し、自己紹介をした。

看護婦はかすかに青ざめた。「新しくいらした顧問医の方ですか？　まさかこんなに早くおいでになるとは……」彼女はすっかりうろたえ、しゃがみこんで書類を拾いはじめた。「婦長に会いにいらしたのでしたら、少し遅すぎて……」

「いや、ちょっとようすを見に来ただけさ」アンドリアスはそう答えながら、子供たちが描《か》いた明るい色調の絵の飾られた壁に視線を走らせた。「仕事が始まるのは月曜日からだ」

看護婦は書類を胸に抱き、ほっとした表情を浮かべた。「そうだと思いました。では、そのワゴンに置いてあるカルテでもごらんになっていてください。レントゲン写真は下の段にあります。今は病棟も落ち着いているので、スタッフはみんなオークション会場に行っているんです。終わり次第……あるいは、呼び出せばすぐに戻ってきますが」

「オークション？」アンドリアスは眉を寄せ、その言葉を繰り返した。英語にはなんの不自由もないが、意味がよくわからない。オークションといったら、ふつうは絵とか高価な芸術品が対象のはずだ。

「プレイルームを新しくするために、私たちスタッフとのデートの権利を競売しているんですわ」

まさに伝統を重んずるギリシア人であるアンドリ

アスには、その考えが理解できなかった。デートの権利を売るだって？

「それはまた奇抜な資金集めの方法だな」

「ええ」看護婦はこちらを見ていたずらっぽくほほえんだ。すでに緊張の色は消えている。「あなたはとてもハンサムですから、いっそオークションに出られたらいいのに」

アンドリアスの笑顔が凍りついた。「いや、とんでもない」

それでなくても女性を遠ざけておくのに苦労しているのに、わざわざ自分を売りこむ必要などない。そんな催しに参加するのはいったいどんな女性たちだろう？　まあ、僕が求めているような女性でないのは確かだ。最近の経験で、この世界に僕の求めている女性など存在しないのではないかという疑惑はますますふくらんでいる。

「どうしてもだめですか？」夜勤の看護婦はくすりと笑った。「あなたが出てくだされば、お金もたくさん集まるのに！　気が変わったときのためにお教えしておきますが、会場は地下のドクター用のバーです。病院のスタッフの半分ほどが参加していますわ。そこで自己紹介し、今夜のデートの相手を落札すればいいんです！」

そんなことをする気はまったくなかったのでアンドリアスは無言でほほえみ、そばにあったカルテに手を伸ばした。そして、よけいな考えを頭から振り払い、カルテを一枚ずつ読みはじめた。

一時間後、アンドリアスはすべてのカルテに目をとおしおわり、静かに病棟を出た。そのまま正面玄関に通じる廊下を進んだが、地下のバーへ続く階段の前で彼は足をとめた。階段の下からは大音響の音楽に混じり、口笛や歓声や笑い声が聞こえてくる。

人を対象にしたオークションというなじみのないアイデアに興味を引かれ、アンドリアスは階段を下りてバーのドアを開けた。すると、ちょうど脚のすらりと長いブロンド女性が即席のステージをなめらかな足取りで歩いているところだった。

アンドリアスはぴたりと立ちどまり、その女性に注意を向けた。

はっとするほどの美人だ。

アンドリアスは鋭く息を吸いこみ、ほっそりとして完璧《かんぺき》な彼女の体の隅々まで視線を這《は》わせていった。彼女は華奢《きやしや》な肩にかかった長いブロンドの髪を払い、自分を落札してくれる男性を求めて青い瞳をきらめかせている。

ひどく丈の短いピンクのワンピースに、ころんでしまうのではないかとこちらが心配になるほど高いハイヒールをはいているが、その歩き方は優雅で品がよく、心がうずくほど女らしい。

「十六番です」競売人は歓声と称賛の口笛に負けまいと、ひときわ声を張りあげた。「さあ、我らがリビーにいくらの値をつけましょう？」

興奮した叫び声がいくつもあがり、ブロンド女性は目をくるりと動かして苦笑いした。彼女の大胆な態度にアンドリアスは思わず息をのんだ。

自分がほかの女性たちの感嘆の視線を集めていることも無視し、彼は欲望をあらわにしてブロンドの女性をじっと見つめた。

彼女は本当にゴージャスだ。ただし、それは外見的にという意味であって、彼女の美しさはもっと奥が深いなどと言うつもりはない。つかのまの楽しみにはそんなことは関係ない。別に自分の子供の母親にと考えているわけではないのだから、性格まで気にする必要はないだろう。

「十ポンド」競売人が言った。「十ポンドから始めましょう」

アンドリアスは信じられないという顔で競売人を見た。あの男にはものの価値がわからないのだろうか？

「買った！」やせぎすのブロンドの男が手を上げ、女性の表情が凍りついたのを、アンドリアスは興味深げに見つめていた。一瞬にして美しい顔から温かみとユーモアの色が消え去り、彼女の表情は石のように硬く冷たいものになった。彼女がそのブロンドの男にだけはどうしても落札されたくないと思っているのは、だれの目にも明らかだった。

女性は再び歩きはじめた。狂ったように部屋の中を見まわしているようすから判断すると、だれかをさがしているらしい。やがて彼女の視線がアンドリアスに向けられた。

女性の足がぴたりととまり、大きく見開いた青い瞳がアンドリアスをじっと見つめた。

その強烈な魅力に呆然《ぼうぜん》となったアンドリアスは、自分の体が男として最も原始的な反応を示すのを感じた。

そして突然、彼女がどうしても欲しくなった。

アンドリアスは自分に向けられた女性たちのもの欲しげな視線を完全に無視し、前に進み出た。自信に満ちたその歩き方を見て人々は自然に道を開けた。

「千ポンド」アンドリアスは落ち着いた声で言った。

静まり返った会場にその言葉が響いている間も、彼の目はブロンド女性に釘《くぎ》づけになっていた。僕は今まで女性のために金を払ったことなどないが、あのブロンドの男に彼女を落札させるわけにはいかない。

いや、どんな男にも。

彼女は僕のものだ。

「千ポンド！」競売人は喜びのあまり冷静さを失って叫んだ。「さて、もっと高値をつける方はいませんか？　リビーはあちらの長身で色の浅黒い、大金持ちの男性のものになってしまいますよ！」

笑い声を無視し、アンドリアスは彼女を見つめたまま力強い手を差し出した。

リビーはかすかに驚きの表情を浮かべたが、階段を下りて彼の手を取ると、顎を高く上げた。だが、階段の一番下の段で足を踏みはずしそうになり、アンドリアスはとっさに彼女を支えた。彼女はひどく酔っているようだった。

彼女を十ポンドで競り落とそうとしたブロンドの男が前に出て、必死に彼女に話しかけようとした。だが、彼女はひとにらみで彼を黙らせた。アンドリアスの手の中で、彼女の小さな手が震えていた。

アンドリアスは反射的に彼女の手を強く握った。

「いくらお金を積まれても、あなたとはデートをするどころか話をする気にもなれないわ、フィリップ」彼女は高慢な口調で言ってから、アンドリアスに笑顔を向けた。それは闇《やみ》夜のアテネを明るくするほど見事な笑顔だった。「行きましょうか?」

彼女は今、見ず知らずの男と進んでバーを出ようとしている。いったいなぜそれほど必死になっているのだろうと、アンドリアスは思った。僕の名前すら尋ねず、まるで命綱にでもすがるように僕の腕につかまっているなんて。

それでも、どうしても彼女を守ってやらなくてはならないという思いに駆られ、アンドリアスは言った。「いいとも。さあ、行こう」

ドアを押さえてやると、彼女は長い脚を優雅に動かして彼のわきをすり抜けた。酔っているうえにあんなハイヒールをはいていることを考えたら見事な歩きぶりだ。だが、今はステージの上にいたときよりずっとか弱そうに見える。ほっそりした腕、華奢な手首、信じられないほど細いウエスト。

アンドリアスは階段をのぼりながら、彼女の悩みの原因に考えをめぐらせた。それはこの女性の価値をたった十ポンドと見積もったあのブロンドの男と関係があるに違いない。

階段をのぼりきるとアンドリアスは彼女の腕を取

り、駐車場へ向かって歩きだした。

「どれくらい酒を飲んだんだい？」

「一滴も飲んでないわ。私はお酒は飲まないの。でも、今夜は飲むべきだったかもしれないわね。そうすれば、あんなふうにステージに上がる恥ずかしさも少しは消えたでしょうから。それにしても、あなたが間に合ってくれてよかったわ。もう少しであのろくでなしに落札されてしまうところだったもの」彼女は早口で言い、靴を脱ごうとかがみこんだ。

「足が痛くて。この靴は本当にはき心地が悪いの」

この女性は僕をばかにしているのだろうか？

彼女が酔っているのは一目瞭然《りょうぜん》なのに！

アンドリアスは眉をひそめた。「そんなに恥ずかしいなら、なぜ引き受けたんだい？」

彼女は両手に靴をぶらさげて答えた。「約束したからよ。私は絶対に約束を破らないの」

「じゃあ、本当は出たくなかったのかい？」

「穴を掘って隠れていたかったくらいよ」彼女は率直に言った。「助けてもらったときは、ほっとして死んでしまうかと思ったわ。ちょうど兄に見捨てられたと覚悟した瞬間だったから。そうだわ、小切手をお渡ししないと」

アンドリアスは彼女がバッグをかきまわして小切手帳を取り出すのをぼんやりと見ていた。

「千ポンドだったわね？」彼女は小切手に数字を書きこみ、切り離して彼に渡した。「途方もない額だけど、気にしなくていいわ。ちょうどいいタイミングで現れてくれたんだもの」

彼女がかすかによろめいたので、アンドリアスは両手で彼女の腕をつかんで支えた。

「なぜ小切手を僕にくれるんだい？」

彼女は口をぽかんと開けてこちらを見た。「そういう約束だったでしょう？」

「約束？」

「兄との約束よ。兄は、自分で行けないときはかわりにだれかをよこしてフィリップから私を救い出してくれると約束したの」彼女はこちらに向かってにっこりした。

アンドリアスは彼女の唇からなんとか視線を引き離して言った。「僕は君のお兄さんなんて知らない」

彼女は首を傾《かし》げ、アンドリアスをじっと見つめた。「知らない？　アレックスは、忙しくて自分が来られなかったらかわりにだれか行かせると言ったのよ。そして、だれも太刀打ちできないくらいの値で落札させるって。だから私はてっきりあなたが……」

アンドリアスはおおいに興味をそそられた。兄が妹を落札すると約束した、だって？「僕は違うよ」

彼女はごくりと唾《つば》をのみこんだ。「兄に頼まれたのでないなら、どうして……？」彼女の目がふいに用心深くなった。「あなたはだれなの？　なぜ見知らぬ女性にあんな大金を払ったの？」

「いい考えだと思ったからさ」アンドリアスは穏やかに言った。「君は参加者に金を出させたかったんだろう？」

「ええ、そうよ。でも、千ポンドだなんて。それだけのお金を払えば私が……その、私が言うことを聞くと思ったのなら……」きまり悪くなって言葉につまり、彼女はアンドリアスに恐ろしげな視線を向けた。「あなたはひどく失望することになるでしょう。私にはそんなつもりはないから」

アンドリアスは好奇心を押し隠して言った。「あのオークションはデートする権利を売っていたんだろう、リビー？」

リビーは彼をにらみつけた。「そして、あなたはそれがセックスを意味するものと思いこんだ。男というのはみんなそうよ。そして、私はあとからあなたに妻と子供がいることに気づくんだわ」

アンドリアスはまばたきをした。「僕はセックスのために金を払ったりはしない」

リビーは首を傾げてこちらを見つめた。「ええ、そうでしょうね。それに、あなたはお金を払ってデートの相手を見つけたりもしないはずだわ」

「そのとおりだ」

「だったらなぜ私とのデートにそんな途方もないお金を払ったの？」

「なぜなら、僕はお金には困っていないし、君がとても美しいからさ」

リビーはさらに数歩あとずさり、靴をしっかりとつかんだ。「だったら黙って小切手を受け取ることね。私がオークションに出たのは、兄が私を落札すると約束したからよ。私はデートはしない主義なの。男はみんな卑劣なろくでなしだから」

彼女の青い瞳にはくっきりと苦痛の色が浮かんでいて、だれかが過去に彼女をひどく傷つけたことは明らかだった。

「君はろくでなしと僕を一緒にしているようだな」

「私は自分の経験から言っているのよ。恋愛なんてもうたくさんだわ」

アンドリアスはどうしてもリビーをからかってみたくなった。「セックスももうたくさんかい？」

「私は古い人間なの」リビーはつぶやいた。「真剣につき合っている男性以外とはベッドをともにしないわ。でも、真剣な関係なんて男性に望めるはずはないから、私はもうあきらめたの」

リビーのふっくらした唇に注意を奪われつつ、アンドリアスは尋ねた。「君に男性との真剣な関係をあきらめさせたのはだれなんだい？」

「簡単な説明でいいの？　それとも詳しい説明をじっくり聞きたいのかしら？」リビーは肩をすくめた。

「どちらでも君の好きなほうでいい」

「だったら両親の話から始めるわね。私の両親は、決してすばらしい夫婦とはいえないの。だって愛し合ったことがないんだもの」リビーはそこで意味ありげにほほえんだ。「もちろん一度は体を触れ合わせたはずよ。そうでなければ私はここにいないはずだから。でも、たまたま私たちきょうだいは三つ子だったの。それでうまい具合に、両親の肉体的な接触はたった一回ですんだというわけ」

　アンドリアスは自分が子供のころに与えられた愛情と精神的な支えを思い浮かべた。当時はあたりまえだと思っていたが、小児科医になって家庭環境に恵まれない子供たちに会う機会が増えるにつれ、彼は両親の不和が子供の人生に与える影響を理解するようになった。

「それが君の男嫌いの原因だというのかい？」

「それと、私自身の経験からよ」リビーは暗い声で答えた。「一番最近の災難は、相手が実は結婚していたとわかったことだったわ」

「君は明らかに間違った相手とつき合ったようだ」

「慰めの言葉は無用よ」リビーの体はまだかすかに揺れていた。「私はだれも信用しない、疑《うたぐ》り深い皮肉屋の女なの。相手の男性が魅力的であればあるほど、私の疑惑はふくらむわ。あなたの場合は天井を突き抜けてしまうくらいね」

　その言葉に答えようとしたとき、アンドリアスはリビーが自分の背後を見て全身をこわばらせたのに気づいた。

　不思議に思って振り向くと、あのブロンドの男が走ってくるのが見えた。かなり興奮しているようだ。

「助けて……また彼よ。どうしたらほうっておいてくれるのかしら？」リビーは果敢にも顎を突き出したが、青い瞳には苦しげな色が浮かんでいた。

　悩める女性を救うためだ。アンドリアスは自分にそう言い聞かせ、リビーを抱き寄せて彼女の顔に唇を近づけた。

　リビーは一瞬驚いて体をこわばらせたが、アンドリアスがそっと唇を押し当てると自ら唇を開いた。そして、甘く誘惑に満ちたキスを返してきた。

自分の体がたちまち熱くほてったことに驚きつつも、アンドリアスはキスを深めていった。リビーの体が震えだし、彼は彼女の顔を両手でしっかりとはさんだ。リビーは持っていた靴を落として彼のシャツにしがみつき、小さく声をもらした。

アンドリアスは彼女の体をさらに引き寄せ、腿に指をすべらせた。なめらかな彼女の肌のぬくもりを感じると、さらに興奮がこみあげてきた。

それは今まで経験したうちで最も熱く、エロチックなキスだった。車のドアをたたきつけるように閉める音が聞こえなかったら、キスはきっと永遠に続いていただろう。

ぱっと顔を上げたアンドリアスは、腕の中で震えている女性に対するおよそ自分らしくない反応を思い返し、呆然とした。

僕はこれまでずっと自制心の強さを誇りにしてきた。それなのに、今はこの女性をどこでもいいから押し倒し、彼女が泣いて許しを請うまで激しく愛し合いたいと思っている。

いったい僕はどうしてしまったのだろう？

ここが公共の場であるうえに、彼女はひどく酔っている。こんな行動に出たのも、明らかに恋に破れた反動だろう。

アンドリアスはギリシア語で小さく悪態をつき、いったんリビーを放したが、彼女がよろめいたのでもう一度その体を支えた。

リビーはぼんやりと彼を見た。「めまいがするの」

アンドリアスもめまいを覚えていた。

キスがどんなにすばらしかったか思い出すともう一度試したい誘惑に駆られたが、きっと別の機会があるだろうと彼は自分に言い聞かせた。

「家まで送ろう」

いずれ彼女が正気を取り戻したら、どこかじゃまの入らない場所を選んできちんとデートをしよう。

アンドリアスはそう思いながらリビーが落とした靴を拾い、車の鍵《かぎ》を開けた。が、リビーがよろめいたので彼女を抱きあげ、女性らしい香りと頬をくすぐる柔らかな髪を無視して車まで運んだ。

「下ろして」くぐもった声がして、リビーがアンドリアスの腕の中で身をくねらせた。「男なんて大嫌い。デートもしたくないし、これ以上キスをするのもいや。おかしな気分になっちゃうもの」

リビーの頭がふいにがくりとうしろに倒れ、ワンピースの裾《すそ》がめくれあがってすらりとした脚があらわになった。アンドリアスは必死にそこから視線をそらし、彼女を助手席に下ろした。

「今夜はどれくらい飲んだんだい？」

「オレンジジュースをグラスに一杯だけよ。とてもおいしいジュースだったわ」リビーが眠そうにつぶやくと、アンドリアスは目をくるりと動かした。

「送っていくから、住所を教えてくれ」

アンドリアスは運転席のドアを勢いよく閉め、助手席で体をまるめて気持ちよさそうに眠っているリビーを見て、いらだたしげにため息をついた。

これは僕の忍耐力を試すテストに違いない。彼は座席に深く座り直し、当面の問題について考えつつ十まで数えた。

リビーは僕の家に連れていくしかないだろう。

彼女の住所を尋ねてまわるためにバーに戻る気がなければ、自分の家に連れていくしかない。だが、家にはエイドリエンがいるからきっと厄介なことになるだろう。

アンドリアスは目を閉じ、小さく悪態をついた。

今夜は思ってもみなかった結果になってしまった。

2

リビーは激しい頭痛とともに目を覚ました。自分が情けなくて半分べそをかきながら起きあがると、好奇心に満ちた一対の茶色の瞳がこちらを見ていた。ベッドの端に少女が座っている。なかなか言うことを聞かない茶色の髪をやっと撫《な》でつけ、念入りに化粧をしているが、その下の素顔はまだ十二歳くらいだろうか。

「まあ」少女はこちらをじっと見つめてつぶやいた。「まるで病人みたい」

リビーはうめきたいのをこらえて目を閉じた。自分がどこにいるのかさえわからないが、ひどい二日酔いであることだけは間違いない。

でも、なぜだろう？　アルコールには近づきもしなかったはずなのに。

リビーはずきずきする頭を押さえてゆっくりと体を起こしたが、カーテンの隙間《すきま》から差しこむ光が眉《み》間《けん》に当たり、かすかにひるんだ。

そして、自分が広く優雅な寝室に寝ているのに気づくとパニックに襲われた。

ここはだれの寝室だろう？

昨夜なにがあったのだろうか？

少女はまだじっとこちらを見ている。そんなに情けない格好で、どうして生きていられるのかしら、とでも言いたげな顔で。「ヤヤはアンドリアスに、私がここにいる間は女の人を連れてこないと約束させたの。だとしたら、アンドリアスはあなたを愛しているということよね？」

なんですって？

この子はいったいだれなの？

それに、アンドリアスというのは？

痛む頭を必死に働かせて昨夜のことを思い出そうとしていると、突然記憶がよみがえってきた。たくましい肩、しっかりした唇。それに花火。

そう、昨夜は間違いなく花火を見た気がする。

「私……あの……ヤヤというのはだれのこと？」

「ギリシア語で祖母のことさ。いいかげんにするんだ、エイドリエン」戸口から男性の冷静な声が聞こえると、少女はベッドから飛びおりて警戒した表情を浮かべた。

「怖い声を出さないで！　私はもう大人よ。人生のこともセックスのことも知ってるわ」少女は興味深げにリビーを見た。「あなたたちはもうセックスをしたの？　ヤヤは、アンドリアスはお金持ちでものすごくハンサムだから、女性たちはみんな彼と一緒にベッドに行きたがると言っていたわ」

リビーは言葉を失い、戸口に立つ男性に絶望的な視線を向けた。すると、今まで見たことがないほどセクシーな黒い瞳がこちらを見つめ返していた。

彼は身長が百九十センチ近くあり、力強い体つきで、漆黒の髪をうしろに撫でつけている。ブロンズ色の肌は地中海人種のもので、子供のころから女性に追いかけられてきた傲慢《ごうまん》さと自信が漂っていた。

「おしゃべりは終わりだ、エイドリエン」彼はリビーの青白い顔に視線を向けたまま、寝室に入ってきた。手にはマグカップを持っている。「これを飲んで」彼はベッドわきのテーブルにブラックのコーヒーを置いた。「頭がすっきりするよ」

彼は私の今の状態を完全に把握しているらしい。やはり昨夜はひどく酔っていたに違いない。なぜそんなことになったのかはわからないが。

私とは違い、彼はきちんと服を着ている。裸に近い格好の私のすぐそばに、広い肩と浅黒くハンサムな顔がある。これほど強烈な男性的魅力を見せつけられるのは、頭痛に悩む女性にとってありがたいことではない。リビーはそう思いながらコーヒーに手を伸ばした。

裕福かどうかは知らないが、さっきの少女の祖母の言葉どおり、この男性は信じられないほどハンサムだ。男はみんなろくでなしだという事実を思わず忘れそうになってしまうくらいに。

だからこそ、私もここへ来てしまったのだろう。

ピンクのワンピースが無造作に椅子の背にかけてあるのを見て、リビーは恥ずかしさのあまり泣きたくなった。

自分であれを脱いだ覚えはないのに、私は今、見たこともない白いシルクのシャツを着ている。

昨夜はいったいなにがあったのだろう?

オークションの会場に着いてすぐに、ベヴにオレンジジュースを渡されたことは覚えている。

そして、花火を見たのも間違いない。

「ヤヤが言ってたけど、男と女が一晩一緒に過ごしたら、結婚しないといけないのよ」少女が断固とした口調で言うと、男性はギリシア語らしき言葉で鋭くなにか言い返し、それから英語に切り替えた。

「さあ、学校へ行く支度をしなさい」彼は命じた。「顔を洗って、そのみっともない化粧を落とすんだ。そんな顔では学校に入れてもらえないぞ」

「入れてもらえないほうがいいわ」少女がふてくされて言い、男性はため息をついた。

「学校に戻らなくてはならないのはわかっているはずだ」彼の口調は厳しかったが、かすかに同情が混じっていた。「落ち着くまでの間だけと説明したじゃないか。来週には家政婦も見つかるだろう」

エイドリエンは彼を見つめた。「結婚すれば家政婦なんていらないのに――」

「エイドリエン!」今度の声は氷のように冷たかった。「もうたくさんだ。さっさと顔を洗ってこい」

少女は華奢《きゃしゃ》な肩をがっくりと落とし、リビーにもう一度好奇の目を向けてから部屋を出ていった。

長い沈黙が訪れ、リビーは顔が赤らむのを感じた。

やがて彼女はコーヒーを置き、目にかかったブロンドの髪を払って口を開いた。「あの……ゆうべは……」率直に尋ねるのが一番だと思い、彼女は深呼吸してから一気に尋ねた。「あなたはゆうべ私の飲み物にお酒を混ぜなかった？」

男性は黒い眉を片方つりあげた。「君は僕のことを、酒に酔わせて意識を失わせてからでないと女性を誘えない男だと思っているのか？」

いいえ、そんなふうには思っていない。

彼は女性の憧《あこが》れを現実にしたような男性だ。

リビーは頬を赤らめ、少なくとも割れるような頭痛の原因はこの男性ではないと結論を出した。

「ごめんなさい。だれかに飲み物にお酒を混ぜられたみたいなんだけど、なにも覚えてないの。花火のこと以外は。すばらしい花火だったわ。いったいなにが……」リビーは途中で言葉を切り、神経質に咳《せき》払いをした。「あなたがここに連れてきてくれたんでしょう？　ご親切には感謝しているけど、でも、……私はなにも覚えてないの。私たちがなにをしたか……もちろんふだんはこんなことはないんだけど、ゆうべはちょっと動揺していて……」

「二つ言いたいことがある」彼は穏やかに口を開いた。かすかに訛《なまり》をおびた深みのある声がリビーの張りつめた神経をなだめ、頭痛をやわらげていった。「第一に、僕とベッドをともにしたら、女性は決してそのことを忘れない」

リビーの中に再び緊張がこみあげた。

この男性にははっとするほど野性的なセックスアピールがある。もし彼と一夜をともにしたら、確かに忘れられない経験になるだろう。

「わかったわ。それで、二番目は？」

「二番目は、花火なんてなかったということだ」彼が熱っぽい笑みを向けたので、リビーの体に電流のような衝撃が走った。「僕がキスをするまではね」

彼はそう言うとベッドから立ちあがり、部屋を出ていった。

一時間後、エイドリエンを寄宿舎に送り届けてから病棟に入っていくと、アンドリアスはすぐに自分が現れたことにみんなが驚いているのに気づいた。

僕の顔は昨夜見ているはずだから、彼らはきっとリビーがどうなったかと思っているのだろう。

「新しい顧問医の方でいらっしゃいますか？」看護婦がアンドリアスを見て弱々しくほほえんだ。「私はベヴといいます。予定より一日早いご出勤ですね」

アンドリアスは広い肩をすくめた。「僕は早めに状況を把握しておきたいたちでね」

ベヴは唇を噛《か》み締めた。「ゆうべお見かけしましたが、どなたかわからなかったものですから」

「当然だよ」わざと名乗らなかったのだから。アンドリアスはひそかにつぶやいた。

ベヴは深呼吸をしたあと、ついにききたくてたまらなかった質問を口にした。「リビーはどうしました？」

「よく眠って酔いを覚ますように言ってきたよ」アンドリアスはもの憂げに答え、カルテの積まれたワゴンに近づいた。「ここの看護婦たちはいつもあんなばか騒ぎをしているのかい？」

ベヴは肩をこわばらせた。「お伝えしておきますが、ここではスタッフが圧倒的に不足しているんです。リビーは昨日も一昨日も十六時間勤務でしたし、休憩も食事の時間もろくにとっていませんでした。少しくらい酔ってふらついても仕方ありませんわ」

酔ってふらつくどころではなかったと言いたいの

を、アンドリアスはなんとかこらえた。ベッドに寝かせ、ワンピースを脱がせたときには、リビーはもう意識を失っていたのだ。

「まあ、今日仕事に出てくるのは無理だと思うよ」アンドリアスはなめらかな口調で言った。リビーは青い顔をしてひどく疲れているように見えた。

「リビーは今日は遅番です。彼女は牡牛《おうし》みたいにスタミナがあるから、きっと出てきますわ」ベヴはカルテを一組手に取り、期待するようにアンドリアスにほほえみかけた。「せっかく一日早く来られたのですから、一人診ていただけませんか？　ほかのドクターはみんな手がふさがっているんです」

　アンドリアスはカルテを受け取った。「行こう」


　リビーが病棟に着いたのは昼近くだった。彼女は勤務中に着ることになっている明るいブルーのトラックスーツのズボンと赤いTシャツに着替え、髪を赤のリボンで結んだ。

　ブラックコーヒーはよく効いた。頭はまだずきずきするが、疲れたときの頭痛と変わらない程度だ。リビーは白いシャツとピンクのワンピースをロッカーにしまい、ベヴをさがしに行った。

　ベヴは薬品の積まれたワゴンのそばにいた。

「オレンジジュースになにを入れたの？」リビーは振り返り、だれも話を聞いていないのを確かめた。「だれかが私の飲み物にお酒を混ぜたらしいんだけど、やっと気づいたわ。犯人はあなたね」

「ウオツカよ」ベヴはリビーと目を合わせずにつぶやいた。

「ウオツカですって？　私は一日中なにも食べていなかったのよ。いったいなぜそんなことを？」

「度胸をつけてあげたかったの」ベヴは落ち着いた口調で言った。「だいぶ神経質になっていたから」

「神経質どころか、あなたのせいで私は歩くこともできなかったんだから！」

「気分がよさそうだったし、とてもセクシーだったわ。あの千ポンドがきっかけで、あとは大変な騒ぎよ。いくら集まったと思う？」

「知るものですか！」リビーは両手で顔をおおった。

「おかげで私は見たこともないベッドで目を覚ましたのよ」彼女はそこで眉をひそめた。「あら、どうしたの？　なぜ私を見ないの？」

ベヴはひどくきまり悪そうな顔をしていた。

「ほかにもまだなにかあるのね？」

「あなたに話しておくべきだと思うんだけど……ゆうべあなたを落札した男性は、実は——」

そのとき大きな悲鳴が聞こえ、リビーは驚いて病棟の方を見た。「あれはだれ？」

「マーカス・グリーンという男の子よ」ベヴは顔をしかめた。「ヘルニアの手術をしたんだけど、家が大変だからと母親が帰ってしまったの」

悲鳴がひときわ高くなり、リビーは痛む頭をもんだ。「かわいそうね。私が行ってあげるわ」

「だめ！」ベヴがリビーの腕をつかんだ。「あなたを落札した男性のことを話さないと。彼は——」

「あとでね」リビーはベヴを無視して病棟に向かって歩きだした。

なんとかマーカスの気を引こうとしていた看護婦は、リビーを見てほっとしたようにため息をついた。

「助かったわ。もう何時間もこうなの」

リビーは泣きわめいている幼児をそっと抱きあげ、病棟の隅のカラフルなクッションが積みあげられている場所に向かった。

「いい子ね。すぐによくなるわよ」リビーは子供の額にキスをした。「ママが来るまでお話をしてあげましょうか？　お話は好きでしょう？」

マーカスは相変わらずすすり泣いていたが、リビーは絵本を一冊選び、クッションの上に座って幼児を膝の上にのせた。

「なにがいいかしら？『三匹の子豚』？　それとも『赤ずきんちゃん』にする？」

すすり泣きがおさまってきた。「豚さんがいい」

「じゃあ、『三匹の子豚』にしましょう」リビーは絵本を開いて驚いてみせた。「まあ、すごいわ！　こんな豚さん見たことがある？」

興奮したリビーの声を聞き、子供はすすり泣くのをやめて絵本を見た。

「なんてかわいい子豚さんかしら」リビーはうれしそうに言った。マーカスは親指を口に入れ、もっとよく見ようと彼女の膝から身を乗り出した。「昔々あるところに……」リビーが穏やかな声で絵本を読みはじめると、ほかの子供たちまでベッドを出て集まってきた。みんな目を大きく見開いてリビーの話に耳を傾けている。


アンドリアスは赤ん坊を診察して点滴をはずす指示を出し、廊下を歩きだした。そのときリビーの姿が目に入り、彼は足をとめた。明るいリボンでまとめたブロンドの髪が、楽しげな表情で話を聞く子供たちの間に埋もれている。

子供たちはみんなリビーにすがりつくようにして熱心に話を聞いていた。

リビーの顔は少し青白かったが、それ以外に二日酔いの名残はない。

実際、彼女は信じられないほど美しかった。

ベヴが隣に来て、アンドリアスの手からカルテを受け取った。「だから彼女は出てくると言ったでしょう。彼女の膝の上にのっている子は、麻酔が覚めてからずっと泣きっぱなしでみんな困っていたんです。鎮痛剤を与えても泣きやまないし。きっとやさしくしてほしかったんでしょうね。これがリビーの特別なところですわ」

「そうなのかい？」

アンドリアスはリビーをじっと見つめた。やさしくて、にこにこしていて、とても家庭的な女性に見える。昨夜ステージの上にいたときの浅薄でうわついた女性とはまったく雰囲気が違う。

「彼女は子供好きなんだね」

「ええ、どんな薬もリビーにはかないません。彼女がいなかったらこの病棟はやっていけませんわ」

リビーは瞳をいたずらっぽくきらめかせ、感情のこもった語り口で子供たちの注意を引きつけていた。狼《おおかみ》が熱湯に落ちた場面でふいに顔を上げたリビーは、アンドリアスに気づいて目を見開いた。彼女は続いて問いかけるようにベヴを見たが、やがて状況を理解したらしく、恥ずかしそうに頬を染めた。

「ねえ」話が中断してしまったので、幼児が不満げにリビーの腕を引っぱった。「もっと読んで」

リビーは感情を抑えこんでなんとか朗読を続け、本を読みおえるとマーカスを抱いたまま急いで立ちあがった。

ベヴが咳払いをした。「こちらはアンドリアス・クリスタコス。新しい顧問医の方よ。アンドリアス、彼女はエリザベス・ウエスタリングです。私たちはリビーと呼んでいます。二人とももうすでに顔を合わせているとは思いますが……」

リビーは一瞬目を閉じたが、小さな女の子が彼女の服を引っぱった。「トイレに行きたいの、リビー」

「私が連れていってあげるわ」ベヴは逃げ出すチャンスとばかりにすばやく女の子の手をつかんだ。

別の男の子が近づいてきて言った。「お話はもうおしまい？」

リビーは男の子を見おろし、無理やりほほえんだ。

「今はね。お仕事があるの」

「じゃあ、あとでまた読んでくれる？」

「ええ、時間があるときにね」そして、リビーはマーカスをベッドに寝かせに行った。そのあとアンドリアスの方に向き直ったとき、彼女の瞳にははっきりと非難の色が浮かんでいた。「ずいぶん卑劣なやり方ね」

アンドリアスはいぶかしげに片方の眉を上げた。

「あなたは自分が新しい顧問医だなんて言わなかったじゃないの」

「きかれなかったからね。君は僕の名前すら尋ねずに、気を失ってしまったんだ」リビーが頬を赤らめるのを見て、アンドリアスは楽しい気分になった。

「でも、あなたは私がこの病棟で働いているのを知っていたんでしょう」リビーは非難がましく言った。

アンドリアスは肩をすくめた。「それで？」

リビーは信じられないと言いたげに彼を見た。

「あなたはいつでも仕事と楽しみを混同しているの？」

アンドリアスは笑みを浮かべ、もの憂げに答えた。

「それは楽しみの度合いによるな」

「そう」リビーはしばらくアンドリアスを見つめていたが、やがて目をそらした。「少なくとも、シャツの郵送代は節約できたわ」

「僕のシャツ？」

「私が眠っている間に着せてくれたシャツよ、ドクター・クリスタコス」彼女は腹立たしげに言った。

「あのピンクのワンピースでは寝心地がよくないだろうと思ったんだ。ちょっときつそうだったから」

リビーは片方の眉をつりあげた。「あなたが服を脱がせてくれたことにお礼を言えというの？」

「落ち着いてくれ」アンドリアスは楽しげに言った。

「君を着替えさせている間、僕はずっと目を閉じていた。まあ、ほとんどの間はね」

リビーは口元をこわばらせ、アンドリアスの腕をつかんで処置室に引っぱっていった。

「はっきりさせておきたいことがあるの」リビーは

青い瞳をぎらつかせた。「私があなたに落札させたのは、兄があなたをよこしたと思ったからで、私はだれともデートをする気なんてなかったのよ」

「君は、僕が落札したから怒ってるのかい？」アンドリアスは皮肉っぽく尋ねた。「あのブロンドの男が君を落札するのを、ただ見ていたほうがよかったというのかい？」

リビーは体をこわばらせた。「もちろん違うわ」

「ゆうべ君は僕の腕にしっかりつかまっていたようだが」アンドリアスの黒い瞳が光を放った。

「あなたが助けに来てくれたと思ったからよ」

「僕は君を助けた」

「私の言ってる意味はわかるでしょう！　私は兄があなたをよこしたと思いこんでいたの」

アンドリアスは肩をすくめた。「実際はそうではなかったが、別に問題はないじゃないか」

「あなたが千ポンドを受け取りさえすればね」

「金はいらない」アンドリアスは静かに言った。

「僕は君とデートするために金を払った。それが僕の望みだ」

リビーは顎を上げた。「あなたはそうやっていつも欲しいものを手に入れているの？」

アンドリアスはほほえんだ。「ああ、いつもね」

リビーは鋭く息を吸いこんだ。「だったら今回は失敗よ。私はデートはしないの」

「そうか……」女性に断られるという初めての経験を、アンドリアスはなんとか受け入れようとした。

「だが、少しでも僕のことを知れば、君はイエスと言ってくれると思うよ」

リビーはぽかんと口を開けた。「自信があるの？」

「花火を思い出してくれ、リビー」

ごくりと唾《つば》をのみこみ、リビーは思わずあとずさった。「私のことはもうほうっておいて。フィリップから助け出してくれたことは感謝しているけど

——」

「君は酔っていた」

「ええ、どうやらウオツカを飲んだらしいの」思い出しただけでも頭が痛む気がして、リビーは指でこめかみをもんだ。「ジュースに混ぜられていたのよ。でも、もう終わったことだわ」

リビーのほっそりした体に視線を這《は》わせていたアンドリアスは、彼女が震えているのに気づいた。

いくら否定しようと、彼女が僕との出会いに強く影響されているのは明らかだ。それは僕も同じだから、二人の間の化学反応は驚くほど強力なのだろう。

アンドリアスはリビーの反応に満足し、かつ勇気づけられた。しかし同時に、リビーはひどく傷ついているのだと自分に言い聞かせた。これは忍耐力の勝負になりそうだ。「まだ終わってなどいない。君は僕にデートの借りがある」

「あなたはノーという言葉を知らないの？　男ってどうしてこうなのかしら？」リビーはアンドリアスをにらみつけてから処置室を横切り、戸口で立ちどまって彼の方を見た。「お忘れかもしれないけど、家には娘さんが待っているじゃないの。奥様が今の話を聞いたら喜びはしないでしょうね」

アンドリアスはその言葉にはっとした。彼女は痛いところを突いている。もしエイドリエンがいなかったら、僕は途方もない間違いをしでかしていたに違いない。

「僕には妻はいない」アンドリアスは穏やかに言った。「それに、エイドリエンは娘ではなく姪《めい》だ。まあ、今のところあの子に対して責任があるのも事実だが。だからこそ君は、僕のベッドではなく予備の寝室で寝ることになったんだ」

リビーは顔を真っ赤にして息を吸いこんだ。「あなたのベッドだったら寝なかったわ、ドクター・クリスタコス。私はそういうことはしないの」

「君はだれのベッドに寝ているかなんてわかっていなかった」アンドリアスは指摘し、赤く染まったリビーの頬に触れた。「次にお酒を飲むときのために覚えておいたほうがいい」

「その言葉はベヴに言ってちょうだい」

アンドリアスは眉をひそめた。なるほど、飲み物に酒を混ぜたのは彼女だったというわけか。それで彼女はリビーのことをあんなに心配していたのだ。

「仕事は何時に終わるんだい？」

「あなたには関係ないわ。姪ごさんはなんて言ってたかしら？ あなたがハンサムでお金持ちだから、女性たちはいつもあなたを追いかけまわしていると言ってたわね？」リビーは首を傾《かし》げた。「ふだんは親しくなった人にしか話さないんだけど、あなたには言っておいたほうがよさそうだわ。私の父はイギリスで最も裕福な人物で、私はハンサムな男性は信用しないことにしているの。つまり、私にとってあなたはなんの魅力もないのよ」

「花火はどうなんだい？」アンドリアスはさらに一歩リビーに近づいた。彼女は呼吸を荒らげてこちらをにらみつけている。必死に僕に興味がないふりをしようとしているところがとてもかわいい。「あのときの花火を思い出してごらん、リビー」アンドリアスはもの憂げに言い、片手を上げて彼女のほっそりした喉に指を這わせた。「次の花火は二人きりになったときにしよう」

リビーはヘッドライトにとらえられた兎《うさぎ》のように怯《おび》えた目でアンドリアスを見た。「次なんてないし、あなたと二人きりになることもないわ」

「僕はデート代を払ったんだ、リビー」アンドリアスは穏やかに思い出させた。「だからその権利を行使するつもりだよ」

リビーを納得させるための第一歩は、酔っていないときに彼女にキスをすることだ。そう思ったアンドリアスはリビーの顔を両手ではさみ、上向かせた。彼女は唇を開き、鋭く息を吸いこんだ。

　喉に当てた指の下でリビーの血管が脈打っていた。アンドリアスはわざとゆっくり顔を近づけていった。

　リビーの青い瞳がアンドリアスの目を見つめ、お互いの息が混じり合った。ついに唇が触れ合うと、彼は喜びの声をもらした。彼の舌が唇の合わせ目を刺激し、リビーはたまらず体を震わせた。

　アンドリアスは心ゆくまでキスを楽しんだ。やがて彼が顔を上げると、リビーもこちらを見ていた。明らかにショックを受けている。男としての満足感を覚え、彼は口元に笑みを浮かべた。

「これでも興味がないと言えるかい、リビー？」

　リビーが立ち直って言い返す言葉を考えつく前に、アンドリアスは処置室を出ていった。

　リビーは全身が震え、一歩も動けなかった。

　頭の中には言いたいことがたくさんあったのに、彼と唇を重ねた瞬間、すべて消えてしまった。

　正直言って、これほどキスに夢中になったことはない。たいていはキスをしていてもうわの空で、気がつくと早くデートを終わらせる口実をさがしているくらいだ。

　だが、リビーは今や思い知った。これまでのキスは本当のキスではなかったのだと。

　あのキスが前菜だとするなら、ぜひメイン料理まで味わってみたい。

　リビーはうめき声をもらし、両手で顔をおおった。

　最悪なのは、彼が私のこんな気持ちに気づいていることだ。

　もう二度とキスなんかしない。リビーはひそかに誓った。もちろんデートをするつもりもない。

　そっと自分の唇に触れ、彼女は考えた。さっきキスをしたことがみんなにわかってしまうだろうか？

　まるで額にそう刻印されているような気がする。

リビーは深呼吸をして処置室のドアを開け、周囲を見まわしてから歩きはじめた。

するとベヴがすまなさそうな顔で近づいてきた。

「あの、リビー……」

リビーはベヴをにらみつけた。「あっちへ行って！　今あなたの顔は見たくないわ」

「彼はとてもゴージャスな男性よ、リビー。あなたは彼に出会えたことを私に感謝すべきだわ」

「感謝ですって？」リビーは苦々しげに笑った。「あなたのおかげで、私は間抜けで脳みその足りない、愛に飢えた酒飲み女だと思われてるわ」

「彼はあなたとのデートに千ポンドも払ったのよ」ベヴは指摘した。「あなたのことをそんなふうに思ってるはずがないでしょう」

リビーはうめき、ほっそりした指をずきずきする額に当てた。「あなたが私をこんな目にあわせたなんて信じられないわ。どうしたら彼の信用を取り戻せるというの？」

「あなたはすばらしい看護婦よ。あなたの仕事ぶりを見れば彼は驚くでしょう」

「彼は私の服を脱がせたのよ」リビーが怒って言うと、ベヴが目を見開いた。

「まあ。あなたは運がいいわ」

リビーはぼんやりとベヴを見た。「運がいい？」

ベヴはせつなげにため息をついた。「彼は最高に魅力的な男性じゃないの」

「そのとおりよ。私の公式によれば、彼は計測不可能なくらいのろくでなしだわ」

「一回デートするのに千ポンド出してもいいと思ってくれる人がいたら、私はその男性に一生を捧《ささ》げるわ。信じられないくらいロマンチックな話だもの」

「ロマンチックなんかじゃないわ。あなたのせいで、私は彼を避けつづけなくてはならないのよ。そんな相手とどうやって一緒に働けるというの？」リビーがいらだたしげに言ったとき、若い看護婦が急いで二人のもとにやってきた。

「ちょっとレイチェル・ミラーのようすを見てもらえないかしら、リビー？　一時間ほど前に開業医からこちらへ送られてきた赤ちゃんなんだけど、熱が高くてどうもようすが変なの。ドクターはみんな手いっぱいでなかなか来てくれないし、新しい顧問医に診察を頼んでいいものかわからなくて」

　リビーはベヴに意味ありげな視線を向けてから、同僚のあとについて予備の病室に向かった。そこには夜間の付き添いを希望する親たちのために、大人用と子供用のベッドが置いてある。

　その赤ん坊の容体が悪いのは一目でわかった。幼児用のベッドに寝ているが、息をすると苦しそうな音がするし、顔が真っ赤だ。リビーは即座に個人的な悩みなど忘れ、プロらしく仕事を始めた。

　そばにいた赤ん坊の母親は青い顔をして心配そうだった。「ぐったりしていて、熱が高いんです」

「詳しい話を聞かせてもらえますか？」赤ん坊の呼吸を観察しながらリビーは尋ねた。「いつから具合が悪くなったのかしら？」

「昨日の朝、ちょっとおかしいと思ったらみるみる具合が悪くなって、紅茶の時間にはもうぐったりしていました」

　そして、今もぐったりしたままで、まったく反応がない。これはいい兆候とは言えない。

「なにか赤ちゃんの好きなもの……おもちゃとか本とかで気を引いてみました？」

　母親は首を横に振った。「いいえ。ただぐったりしているだけで。それで私もあわてて開業医の先生のところへ行き、こちらの病院を紹介してもらったんです」彼女は心配そうにリビーを見た。「容体はどうでしょうか？」

「熱をはかったらすぐにドクターに来てもらいまし

ょう」リビーは体温計を手に取った。「赤ちゃんはすべての予防注射を受けていますか、ミセス・ミラー？」

「アリスンと呼んでください。ええ、すべてすんでいます」

リビーは体温計の数字をカルテに記録した。「熱が高いですね。水分は十分にとっていますか？」

「なにも欲しがらないんです」

「最後におむつを濡《ぬ》らしたのはいつですか？」

母親はかすかに顔をしかめて答えた。「たしか三時間ほど前におむつを替えました」

リビーは子供の血圧をはかり、アリスン・ミラーに向かってほほえんだ。

「では、ドクターに診てもらいましょう。発熱の原因を突きとめる必要がありますから。すぐに戻りますが、なにかあったらブザーを鳴らしてください」

リビーは歯噛みしながらアンドリアスをさがしに行った。できれば彼を避けていたかったが、こういう状況では仕方がない。

今はどうしても経験豊富なドクターが必要で、アンドリアスはここの顧問医なのだ。

彼はナースステーションでレントゲン写真をチェックしていた。うしろから見ると彼の肩幅は途方もなく広かった。

リビーはごくりと唾をのみこみ、仕事に集中しようとした。アンドリアスがキスの名人なのはわかっているが、今は小児科医としての腕を見せてもらうべきときだ。

「新しく運ばれてきた患者を至急診てほしいの」リビーは冷静な口調を保って言った。「どうもようすがおかしいのよ。ほかのドクターは手があいていないから、あなたに診てもらえたらと思って」

アンドリアスが振り向くと、リビーは思わず数歩あとずさって警戒するように彼を見た。

「よし、僕が診よう」アンドリアスはライトボックスのスイッチを消し、リビーの方にやってきた。「経緯は？」

リビーはわずかに警戒をゆるめ、アンドリアスと並んで病室に向かった。「開業医からの紹介状には、高熱が心配だということ以外なにも書かれていなかったわ。患者はぐったりしていて水分も欲しがらず、とにかくようすがおかしいの」

リビーは長年小児科の看護婦をしているから、自分の直感を信じていた。そして、今はその直感がレイチェルを心配するべきだと訴えていた。

アンドリアスは苦笑した。「開業医は気楽だな。不安だったら病院を紹介すればいいんだから」

「あなたが開業医を侮辱する前に言っておくけど、私の兄も交替で開業医を務めていて――」

アンドリアスは片方の眉を上げ、おかしそうに口元をゆがめた。「それはゆうべ君を落札するのを忘れてしまったお兄さんかい？」

リビーも苦笑した。「兄は欠点もあるけどとても熱心なドクターだから、きっと目を離せない患者がいたんだと思うわ。私は運が悪かったのよ」

「でも、僕にとっては運がよかった」アンドリアスは目を細めてリビーの顔を見た。

リビーは顔がほてるのを感じた。「やめて！」

「なにをやめるんだい？」彼はゆっくりとほほえんだ。「僕はまだなにもしていないよ、リビー」

アンドリアスはそれ以上リビーに反論する隙《すき》を与えず病室に入り、アリスン・ミラーに向かって自己紹介してから子供用のベッドの上に身を乗り出した。

彼がそうやって貴重な情報を集めていることに、リビーは気づいていた。彼は女の子の胸をじっと見て呼吸を調べ、肌の色や、ベッドの上でぐったりしたままなんの反応も見せないようすを観察した。

それから顔を上げ、アンドリアスは真剣な面持ちでリビーを見た。「体温は？」

「四十度七分よ」リビーは即座に答えた。

アンドリアスはうなずき、リビーが渡したカルテにすばやく目を通した。そして再び顔を上げ、予防注射と家族の病歴について母親に質問した。

彼がカルテにメモをとりおえたころ、子供がむずかって泣きはじめた。

母親が二人を見た。「抱いてもいいですか？」

「もちろんです」アンドリアスはアリスンを安心させるようにほほえみ、ペンをポケットにしまった。それからリビーに言った。「開業医の紹介状を見せてもらえるかい？」

リビーは手紙を渡した。

赤ん坊をベッドから抱きあげたアリスンが心配そうに二人の方を見た。「開業医の先生には、たぶんただのウイルスだと思うけれど、熱が高いので念のためにこちらで診てもらうようにと言われました」

「そうですか」アンドリアスは紹介状に目を通し、眉をひそめた。リビーの言うとおり、確かにそこには有益な情報はなにもなかった。「もう一度検査をしましょう。リビー、僕は道具を取ってくるから、準備を頼むよ」

リビーはうなずき、アリスンにこれからおこなう検査について説明した。

「膝の上で赤ちゃんを支えているだけでいいんです」リビーは椅子を持ってきて言った。「耳の検査をしますから、レイチェルをこんなふうに抱いていてください」手本を示すと、アリスンは言われたとおりに赤ん坊を抱いた。

アンドリアスはまず片方の鼓膜を調べ、リビーが子供を逆に向かせるのを待ってもう片方を調べた。

彼は子供の扱いがとても上手だった。やさしく、同時にすばやく、すべての動作がスムーズだ。

最後に胸に聴診器を当てると、アンドリアスは言った。「耳にも喉にも異常はないし、胸もきれいだ。ということは、可能性が低い病気について考えなくてはならない」彼は眉間にしわを寄せ、長い指で髭《ひげ》の伸びかけた顎を撫でた。「お子さんは尿路感染症にかかったことはありますか？」

　アリスンは目を大きく見開いて首を横に振った。

「いいえ、ありません。それは大人がかかる病気ではないんですか？」

「子供でもかかることはあるんです。それなら高熱の説明もつきます。いくつか検査をしましょう。リビー、採血をして、尿のサンプルもとってくれ」

　リビーは顔をしかめた。「赤ちゃんの尿をとるのはとてもむずかしいけど、なんとかやってみるわ。レイチェルはもう何時間もおむつを濡らしていないそうだから、うまくいくかもしれないし」

「頼むよ」アンドリアスはリビーに向かってうなずいた。「尿路感染症《UTI》は幼児のかかる細菌による感染症としては最も一般的なものの一つだ。実際、高熱疾患の五パーセントはＵＴＩだと言われている。レイチェルはとても弱っているし、熱も高いから、至急尿のサンプルが欲しい。とりあえず解熱剤で熱を下げよう」

　アンドリアスが処方箋《せん》を書きおえるのを待ち、リビーは尿を採取するための器具と薬を取りに行った。

　廊下を歩いていると、アンドリアスが追いついてきた。「君の直感は正しかった。あの子は重症だ」彼は静かに言った。「一時間でなんとか尿を採取してくれ。うまくいかなかったらＳＰＡだ」

「ＳＰＡ？」リビーは顔を曇らせた。ＳＰＡは膀胱《ぼうこう》に針を刺して尿を吸引する方法で、乳幼児の尿のサンプルが至急必要だがほかの方法でうまくいかなかった場合におこなわれる。「どうしても？　赤ん坊の体内に針を入れるなんて」

「わかっている」アンドリアスは真剣な顔で言った。

「だが、幼児の場合にはＵＴＩを見逃されて治療を受けられず、腎《じん》臓まで傷つけてしまう場合も多い。一刻も早く抗生物質の投与を始めたいが、まずは検査が先だ」

「わかったわ。私はレイチェルのところに戻っているから」

「ああ。なにかあったら呼んでくれ」

リビーはなんとか尿を採取しようと努力したが、うまくいかなかった。そして結局、一時間もたたないうちに再びアンドリアスをさがすはめになった。

リビーは率直に言った。「なんとか尿を採取しようとしたんだけど、うまくいかないの」

アンドリアスはうなずき、すぐに言った。「じゃあ、ＳＰＡだ。針を刺すことになるが、これが一番確かな方法だし、なによりもあの子の容体が心配だからね。超音波で膀胱に尿がたまっていることを確かめよう。二十一Ｇの針を――」

「わかってるわ」リビーはさえぎった。すでに必要な器具は揃《そろ》えてある。

数分後、リビーはワゴンをそばに置いてベッドのわきに立っていた。

「だれかレイチェルを仰向けにして、しっかり押さえていてくれ」アンドリアスは冷静に言い、超音波で膀胱に尿がたまっていることを確認した。

「私がするわ」リビーは即座に言った。「それと、アリスンもきっとそばにいたいと思うの。今は家に電話をかけに行っているけど」

そこへちょうどアリスンが戻ってきたので、アンドリアスはなぜ膀胱から尿を吸引する必要があるのか静かに説明した。

「熱は上がりつづけていますから、尿を採取する必要があるんです」

「リビーががんばってくれましたわ」

「私ではうまく採取できませんでした」リビーは静

かに言った。「でも、どうしても尿を採取して細菌がいるかどうか調べなくてはなりません。乳幼児の場合は、これが一番確かな方法なんです。抗生物質を使う前に研究室で尿を調べてもらう必要があるので」

「わかりました」アリスンは口元をこわばらせた。「私も一緒にいていいですか？」

アンドリアスはうなずき、リビーと視線を交わしてからその場を離れ、手を洗って戻ってきた。

リビーはワゴンの準備をすませ、アンドリアスがレイチェルの下腹部をアルコールで消毒して乾くのを待っている間、赤ん坊を押さえていた。

彼はレイチェルにやさしく話しかけながら静かに針を刺し、その針を膀胱まで入れて尿を吸引した。指の動きの巧みさとすばやさを見れば、彼がこの処置を何度も経験しているのは明らかだった。

尿を採取すると彼は針を引き抜き、リビーをちらりと見た。

「二分ほどここを圧迫していてくれ」アンドリアスはワゴンの上に尿のサンプルを置き、アリスンの方に向き直った。「一日ほど尿に血が混じるかもしれませんが、心配はいりません」

リビーはガーゼを取って出血がとまっているのを確認してから、包帯を巻いた。そして、泣いている赤ん坊にすばやく服を着せ、母親に渡した。

「落ち着くまで抱いていてあげてください。解熱剤をのんでいますから熱はまもなく下がるでしょう」

アリスンがリビーを見つめた。「ドクターは、膀胱の感染症を疑ってらっしゃるのでしょうか？」

「ええ。彼が処置を急いでいる理由は、感染が腎臓にまで広がるのを恐れているからです」

「でも、治療さえすれば大丈夫なんでしょう？」

リビーはうなずいた。「もう少し検査が必要ですが、すぐにここに連れてきたおかげで感染が広がる前に手を打てたと思いますわ」

アリスンが納得したようなので安心し、リビーはアンドリアスを追ってナースステーションに行った。彼は患者に関するデータをコンピューターに打ちこんでいた。

「これからどうするの？」

「レイチェルは脱水症状を起こしているから、点滴で水分を補給しよう。抗生物質の点滴も始める。よくなってきたら残りは口から投与しよう」

「検査の結果を待たないの？」

アンドリアスはうなずいた。「迅速な処置が重要だ。検査結果が出たところで、必要なら抗生物質を変えればいい。もし尿路感染症がはっきりしたら、さらに詳しい検査が必要になる」彼は画面を見つめたまま続けた。「幼児の場合、膀胱からの尿が逆流する膀胱尿管逆流も疑わなくてはならない」

「超音波検査をするの？」

「それも一つの方法だが」アンドリアスは顔を上げ、かすかにほほえんだ。「乳幼児の場合は超音波では逆流も腎臓の瘢痕《はんこん》も見つかりにくい。造影剤を入れてX線を撮ろう。それで、リビー……」アンドリアスは椅子の背にもたれた。「なんとかしてレイチェルの口から水分をとらせる必要があるんだ」

「ええ」リビーはうなずいた。「水分をとることの重要性はアリスンにもよく説明しておいたわ」

アンドリアスはコンピューターへの入力を終えて立ちあがった。「よし、点滴を始めよう」

リビーはその日の勤務時間中ずっとレイチェルの面倒をみていたが、容体が悪化したらすぐにアンドリアスが来てくれると思うと安心だった。彼は一度救急医療室へ行っただけで、それ以外はずっと小児科病棟にいてくれた。

リビーがナースステーションでレイチェルのカルテをつけていたとき、目を上げると一人の少女が病棟の入口でうろついているのが見えた。

「エイドリエン？」リビーはすぐに気づき、デスクにペンを置いて入口に向かった。「あら、学校じゃなかったの？」

少女は挑戦的にリビーを見たが、唇がかすかに震えていた。「逃げ出してきたの。もう戻らないわ。永遠によ。あんなところ大嫌い」

少女の髪はさっきよりさらに乱れ、泣いていたのだろうか、目のまわりが赤くなっていた。彼女はとても無防備で、幼く見えた。

リビーは顔に同情の色を浮かべ、壁に寄りかかった。「なにがあったのか、私に話してみない？」

少女は足元に視線を落とした。「なじめないの」

リビーは眉をひそめた。「どういう意味？」

「私は……みんなと違うのよ」

「あら、みんなと同じである必要なんかないわ。人と違うのはいいことよ」リビーはやさしく言ったが、エイドリエンは首を横に振った。

「いいことなんかじゃないわ。とてもいやなことよ」少女の声は少しかすれていた。「私だけ流行から遅れているの。どうすれば今風になれるかわからないんだもの。髪形を変えてお化粧をしたら、アンドリアスが学校へ行く前に元に戻せと言うし。あんな人、大嫌い！」

リビーはさっきのひどい化粧を思い出し、内心アンドリアスの言い分はもっともだと思った。

「あなたはいくつなの、エイドリエン？」

「十二歳よ。もうすぐ十三歳になるけど」少女は急いでつけ加えた。

リビーはうなずいた。「十三歳というのはものすごく大変な年ごろよ。私もよく覚えてるわ」

「あなたが？」エイドリエンは信じられないと言いたげにリビーを見た。

リビーは苦笑しながらうなずいた。「あのころは本当にひどかったわ。私はやせっぽちで、歯を矯正中で、眼鏡をかけていたの。さらに悪いのは、姉がとびきりの美人だったことよ。みんなは私にひどいあだ名をいくつもつけたわ。だから私は自分がみんなと違うというのがどんなことかよくわかるの」

エイドリエンはリビーをじっと見つめた。「でも、あなたは流行に敏感みたいだわ」

「今はね。でも、当時は違ったの。ショッピングにはいつもだれと行くの？」

「ヤヤ……祖母だけど、彼女はとっても保守的なの」エイドリエンは憂鬱《ゆううつ》そうに言った。「たまにはアンドリアスとも行くけど、彼はもっとひどいわ。少しでも大胆な服は絶対に買わせてくれないの」

「確かに二人とも理想的なショッピングの相手とは言えないわね。じゃあ、今度学校に迎えに行ってあげるから、一緒にショッピングに行きましょう」

そう言ったとたん後悔したが、エイドリエンがうれしそうに息をのんだのを見て、リビーはあとに引けなくなった。「本当に？　なぜそんなことをしてくれるの？」

リビーは弱々しくほほえんだ。「私はショッピングが大好きなの。姉か兄にきけば、私が買い物中毒だとわかるでしょう」

エイドリエンの目が大きくなった。「本当にショッピングに連れていってくれるの？」

「もちろんよ」少女のうれしそうな顔を見て、私は間違っていなかったとリビーは思った。「そのかわり、約束してほしいの。いつも笑顔でいること。そして、私が選んであげるものに文句を言わないこと。そうしたら、買い物のあとで髪もスタイリングしてあげるわ。こう見えても髪を整えるのは得意なの。自分の髪で二十年以上も練習を積んできたから」

そのときアンドリアスが近づいてくるのが見え、リビーは緊張した。姪が学校を抜け出したと知ったら、彼はどんな反応を示すだろう？　かつて私も同じことをしたが、父の激しい怒りは今でもはっきりと覚えている。

だが、アンドリアスは怒ったふうもなく心配そうな顔をしていた。

「エイドリエン？」震えている少女の前に立ち、彼はやさしげに声をかけた。そして、ギリシア語でなにか言ったが、エイドリエンは彼の目を見て英語で答えた。

「ひどいホームシックになってしまったの。おじさんと一緒に住みたいのよ、アンドリアス。お願い、困らせるようなことはしないと約束するわ。どうか私を学校に戻さないで！」

リビーは喉にこみあげてきた固まりをなんとかのみ下し、アンドリアスをちらりと見た。彼のたくましい肩は硬くこわばっていた。

「君が一人で留守番をするのは無理だし、まだ家政婦も見つかっていない」彼は荒々しい口調で言った。

「私は一人でも平気よ。そのほうがずっとましだわ。あんな……あんな人たちと……」少女は英語につまり、懇願するようにリビーを見た。「ねえ、私を学校に送り返さないように彼に頼んで」

リビーは困り果ててアンドリアスを見た。どうしたらいいのだろう？　事情はよくわからないが、エイドリエンがかわいそうなのは確かだ。

だが、リビーが口を開く前にベヴが近づいてきた。

「ドクター・クリスタコス、救急医療室であなたを呼んでいます。ひどい喘息《ぜんそく》の発作を起こした子供が運びこまれ、至急下りてきてほしいそうです」

「わかった」アンドリアスは答えてから、エイドリエンを見た。「エイドリエン、今は話ができないから、僕が仕事を終えるまでスタッフの休憩室で待っていてくれないか？」

「だったら私の家に連れていくわ」リビーはすばや

く口をはさみ、少女の腕にやさしく手をかけた。

「私の勤務はもう終わりだから。仕事が終わったら私のフラットに来てちょうだい。住所はベヴが知っているわ」

アンドリアスは口元をこわばらせた。「姪はまっすぐ学校に連れて――」

エイドリエンが抗議の声を発した。「いやよ！」

「仕方がないんだ、エイドリエン！」アンドリアスはいらだたしげに言った。「ほんの短い間のことじゃないか」

ベヴがアンドリアスの腕に触れた。「ドクター・クリスタコス――」

「すぐに行く。エイドリエン、あとで話そう」アンドリアスの黒い瞳がリビーに向けられた。「本当にかまわないなら、君の申し出を受けたいんだが？」

「ええ、いいわよ」リビーは大股で病棟を出ていくアンドリアスを見送ってから振り向いた。すると、ベヴが口をぽかんと開けてこちらを見ていた。「なにをそんなふうに見ているの？」

ベヴは楽しげに瞳をきらめかせた。「確かにあなたは彼を避けているわね」

リビーは歯噛みした。「これはアンドリアスとは関係のないことよ」

「もちろん、そうでしょうとも。彼が姪を迎えにあなたのフラットに来ても、あなたはきっとうまく彼を避けるんでしょうね」

リビーは親友をにらみつけてから踵《きびす》を返してエイドリエンに手を差し出し、温かい笑みを浮かべた。「さあ、行きましょう。家に帰って冷蔵庫の中の食べ物を物色する時間よ」

これはアンドリアスとはまったく関係のないことよ。リビーは自分に向かってきっぱりと繰り返した。まったく関係ないわ。

3

「なにか食べましょう。おなかがぺこぺこよ」リビーはフラットに着くと玄関のテーブルに鍵《かぎ》を置き、キッチンに向かった。

キッチンではいたずらっぽい青い瞳をした黒髪の男性が、コーヒーをすすりながら医学雑誌を読んでいた。

「ひどい目にあわせてあげるから、覚悟しておきなさいよ！」リビーは男性をにらみつけてから冷蔵庫に向かった。「ところで、こちらはエイドリエンよ。エイドリエン、こちらは兄のアレックス。あの青い瞳とカリスマ的な笑顔にだまされないでね。兄は思いきり殴ってやりたいくらい困った人なの」

「やあ、エイドリエン」アレックスは少女に向かって気さくにほほえんでから、妹に視線を戻した。「なぜ僕を殴るんだい？　むしろ君は僕に感謝するべきじゃないか」

「感謝ですって？」リビーは冷蔵庫からかかえきれないほどの食べ物を出し、ばたんとドアを閉めた。「ゆうべはいったいどこをふらついていたの？」

「手のかかる出産に立ち会っていたんだ。医師としての僕の技術は引っぱりだこでね。僕は死の淵《ふち》から罪なき人々を奪い返し――」

「芝居ならもう結構よ」リビーはいらだたしげに兄をさえぎり、テーブルに食べ物を並べた。「いい兄でなくてもいいから、患者さんのためにはいいドクターであってほしいものね」彼女は食器棚から皿を出して言った。「さあ、どうぞ、エイドリエン。自分で好きなものを取ってね。スモークサーモン、ハム、チーズ、サラダ、チョコレート……」

エイドリエンはテーブルにつき、頬をかすかに染めて二人を交互に見た。「おなかはあまりすいてないの。なんだかおじゃましているみたいで悪いわ」

「じゃまだなんてとんでもない。実際、君がいてくれてよかったよ。さもないとこの地球上での僕の将来は深刻な危機に陥っていたところさ」

リビーはエイドリエンが兄を見る目に気づき、うめき声をもらしそうになった。

アレックスはいつもこんなふうに女性の心を奪ってしまう。若くても年上でもおかまいなしだ。

「さあ、話して」リビーは当てつけがましく兄を見た。「いったいどういうことなの？」

アレックスは椅子の背にもたれ、にやりとした。

「君のためを思って、ほかのだれかに落札させることにしたんだよ。君が真剣な関係を築こうと思える男性にね」

リビーはあんぐりと口を開けた。「私はそんなことは頼んでないわ。私が男性との真剣な関係を望んでなどいないことは知ってるでしょう！」

アレックスは妹をじっと見つめた。「いや、君は望んでいる。今は傷つくのを恐れているが、君だってほかの女性と同じように心の底では運命の相手との出会いを信じているんだ」

リビーは兄をにらみつけた。八つ裂きにしてやりたいくらいだが、今はエイドリエンがいる。「あなたもいつか理想の女性に出会うのよ、アレックス・ウエスタリング。そして、結婚を断られるといいわ」

アレックスは頭をのけぞらせて笑った。「僕の理想は結婚したがらない女性だ」

リビーは悲しげに兄を見た。兄も自分と同様、生まれ育った環境の犠牲者だと思うと、怒りも薄れていった。両親の言い争いがエスカレートしたとき、仲裁役はいつもアレックスだった。その経験から、アレックスは女性との長期的な交際に対して深刻なアレルギーを持つようになったのだ。

「さて、君を落札した男の話を聞かせてもらおうか？　噂《うわさ》では君を見てうっとりしていたそうだが」

　噂ですって？　リビーは驚いて兄を見つめた。

「フィリップが私を落札しようとしたという話は聞いた？」

「いや」アレックスの瞳からふいに温かみが消えた。「あいつもいたのか。だったらやはり行くんだった。あの男には話がある」

「その場にいたら彼を殴っていた？」

「隣の国まで吹っ飛ぶくらいね」アレックスは軽い口調で言った。「だから行かなくてよかったかもしれない。だれかがあの男に競り勝ったんだろう？」

　ええ、そうよ。リビーは心の中でつぶやき、皿に視線を落とした。ふいに頭の中がアンドリアスのことでいっぱいになった。広い肩、力強い筋肉質の体、強烈なオーラ。

　彼とかかわったら私は絶対に傷つく。リビーの本能がそう警告していた。

「リブ？」アレックスが目を細め、身を乗り出した。「さあ、お兄さんに話してごらん」

　兄の意味ありげな笑顔を見て、リビーは顔がほてるのを感じた。まったく、彼には隠し事は無理だ。

「本当はお兄さんぶる資格なんてないのよ」リビーは陽気な声を装ってエイドリエンに言った。「私たちは三つ子で、アレックスは姉のケイティより三分早く生まれただけなの。私が最後だったんだけど」

　エイドリエンはうらやましそうに二人を見た。

「三つ子？　すごい幸運ね。弟か妹を持てるなら私はなんでもするつもりだけど、あなたたちはいつも仲間がいるんだもの」

　アレックスは身を乗り出し、やさしく尋ねた。

「君は一人っ子なのかい？」

少女はうなずいた。「ママとパパは私が小さいときにギリシアで船の事故にあって、死んでしまったの。私は十二年間お祖母《ばあ》ちゃんと一緒に住んでいたんだけど、お祖母ちゃんは腰の手術をしなくてはならなくなって、もう私の面倒をみるのは無理だって。だから今はアンドリアスと住んでいるの」

アレックスは少女の説明を聞き、リビーの方に向き直った。

「アンドリアスってだれだい？」

「ゆうべ私を落札した男性よ。わかっているでしょうけど、私はオークションに出ていて、あなたが私を落札することになっていたんですからね」

アレックスは黒い眉をつりあげた。「彼はいくら払ったんだい？」

「アンドリアスがあなたを買ったの？」エイドリエンは目を皿のように大きく見開いた。

「彼は私とデートする権利を買ったの、それだけよ」リビーはすばやく言い、アレックスに目配せした。「そのお金は寄付のために集められたものだから、なんの問題もないわ」

金額は決して問題のない額ではなかったが。

「まあ、それであなたはアンドリアスの家の予備の寝室で寝ていたの？」

兄が楽しげにこちらを見ているのに気づき、リビーは歯噛《はが》みした。「複雑な事情があるのよ」

アレックスがコーヒーを飲みほしてつぶやいた。

「そうだろうとも」

「お兄さんが兄としての義務を果たしてくれていたら、あんなことにはならなかったのに」

アレックスは立ちあがった。「だが、彼のほうが競り勝つ可能性もあった。そんなに金持ちならね」

「私はあなたの妹よ！」リビーは憤慨して兄を見た。

「どんな大金でも払ってくれて当然だわ」

「君をハンサムなギリシア人の億万長者の魔の手か

ら守るために？　それはできないな。彼は僕のかわいい妹にぴったりの男性かもしれないしね」

　ふいに疑問がわき起こり、リビーは兄に向かって目を細めた。「最初から私を落札するつもりなどなかったのね」

「僕は金の使い方には慎重なんだ。それに、前の恋人を忘れるには、新しい恋人を作るのが一番さ」

　アレックスはエイドリエンにウインクしてから、怒れる妹を残して出ていった。

「アレックスってゴージャスね」エイドリエンがささやいた。「ものすごくハンサムだし、あの青い瞳がたまらないわ」

「兄は危険よ。兄の行くところ、恋に破れてすすり泣く女だらけなんだから」

「アンドリアスみたい」エイドリエンの的を射た発言を聞き、リビーは苦笑した。

　きっと本当にそうなのだろう。

　アンドリアス・クリスタコスは途方もなくハンサムで、もし本当に彼がお金持ちだとすれば、たいていの女性をなんの苦労もなく引きつけられるに違いない。

　でも、私は皮肉屋だから、ハンサムな顔やセックスアピールに惑わされたりしない。

　それに、私はお金にも興味がない。

　リビーは立ちあがり、エイドリエンにほほえみかけた。「さあ、迎えが来る前に髪を整えてあげるわ」

　玄関の呼び鈴を鳴らし、アンドリアスはいらだたしげに腕時計に目をやった。

　思っていたよりだいぶ遅くなってしまった。救急医療室で女の子の症状を安定させるのに時間がかかり、結局小児科に入院させ、容体に変化があったらすぐに連絡してくれとスタッフに頼んで病院を出てきたのだ。

ドアが開き、リビーのかわりに長身で青い瞳と黒い髪をした男性が目の前に立っていた。

アンドリアスの体がこわばり、口に出かかった挨《あい》拶《さつ》の言葉が凍りついた。

リビーが男と住んでいるなんて、想像もしていなかった。アンドリアスは自分の中に最も原始的な感情がこみあげてくるのを感じ、息がとまりそうになった。

嫉妬《しっと》。

男性が親しげな表情を浮かべて手を差し出した。

「僕はアレックス……リビーの兄です。妹を落札したというのはあなたですね。言っておきますが、金を返してもらったほうがいいと思いますよ。妹は維持費が高いんです。チョコレート代と靴代で一財産吹き飛んでしまいます」

兄だって？

肩から力が抜け、アンドリアスは笑みを浮かべた。

「さあ、どうぞ」アレックスはわきに寄ってアンドリアスを中に入れた。「二人は寝室にいます。なんだか知らないが、楽しそうにやってますよ」

「エイドリエンを預かってもらって感謝しています」アンドリアスはそう言いながら、周囲を見まわした。広くてエレガントなフラットだ。「妹さんは子供の扱いがとても上手ですね」

アレックスは短く笑った。「大人を扱うよりはね。なにか飲み物でも？」

アンドリアスは笑顔で首を振った。「いいえ、結構です。エイドリエンを学校に連れていかなくてはならないので」そして、髭《ひげ》の伸びかけた顎を撫《な》でた。「うまくあの子を説得できればの話ですが」

そのときドアが開き、エイドリエンが飛び出してきた。うれしそうに笑っている。

「リビーが近いうちにショッピングに連れていってくれるんですって。学校に迎えに来てくれるのよ」

リビーが？　なぜそんなことを？

　アンドリアスは驚きを押し隠して考えた。十二歳の女の子のショッピングにつき合っても、息抜きになどならない。それなのに、なぜリビーはそんな役目を買って出たのだろう？

　アンドリアスが興味深げにリビーを見ると、彼女は慎重に彼と目を合わせるのを避けていた。

　エイドリエンはアンドリアスの腕に片手をすべりこませた。「逃げ出したりしてごめんなさい。学校には電話した？　先生たちは怒っていた？」

「ああ、電話したよ。先生たちは怒ってはいなかったが、心配していた」アンドリアスは首のうしろをもみながら、どうやって姪《めい》を説得しようか考えた。

「なかなかいい学校じゃないか、エイドリエン」

　エイドリエンは顔をしかめた。「先生たちはいいんだけど、友達ができないの」

「あら、まだ一週間しか行ってないじゃないの」リビーが静かに言った。「友達を作るのは時間がかかるものよ。二人で話したことを覚えてる？」

「ええ」エイドリエンはうなずき、アンドリアスを見た。「学校に戻る前にピザを食べに連れていってくれる？」

　長々とした言い争いを覚悟していたが、どうやらそれは避けられそうだ。アンドリアスはそう思ってほほえんだ。リビーがなにを話してくれたにせよ、その効果があったのは間違いない。「ああ、ピザを食べに行こう」

「リビーも行っていい？」

　リビーは体をこわばらせた。「いいえ、私は――」

「もちろんさ」怖い顔でこちらを見たリビーを無視し、アンドリアスはよどみない口調で言った。「リビーは君にとても親切にしてくれたんだから、それくらいのお礼はしないとね」

「すてき。アレックスにさよならを言ってくるわね」エイドリエンはキッチンの方に飛んでいった。

「デートはしないと言ったはずだけど」

「十二歳の子供とピザを食べに行くのをデートと呼ぶのかい？　だったら、僕が本物のデートに誘ったら君は大喜びするだろうな」アンドリアスはもの憂げに言った。「たかがピザじゃないか、リビー。デートだったらピザですませたりしないよ」

「私はあなたとデートはしないわ」二人の視線がぶつかり、リビーの青い瞳から火花が散った。「ほかのだれとも」

「僕は〝だれとも〟の中には入っていない」

「あなたはそんなに自信があるの？」

リビーの性格の複雑さに魅了され、アンドリアスはほほえんだ。外面は刺《とげ》があって生意気だが、内面はとてもやさしく、女らしい。リビーが子供に接していたときのようすを思い出し、彼は胃が締めつけられた。

アンドリアスは上気したリビーの頬に片手を当てて言った。「花火のことを忘れないでくれ、リビー」

二人はエイドリエンと一緒にピザを食べ、それから彼女を学校まで送っていった。

アンドリアスが女性校長と話をしている間、リビーはエイドリエンと一緒に彼女の部屋に行った。ルームメートたちは魅力的なアンドリアスとスポーツカーを見て感激していた。リビーは内心エイドリエンがみんなに溶けこむのに問題はないだろうと思いつつも、ほかの少女たちとおしゃべりをしてエイドリエンとの橋渡しを試みた。

学校を出たときはもう暗くなっていて、アンドリアスはリビーをフラットまで送った。

「君には大きな借りができてしまったな」

リビーはアンドリアスをちらりと見て、突然車の中という狭い空間の親密な雰囲気を意識してしまった。「なんのこと？」

「君はエイドリエンにとても親切にしてくれた」

「彼女はとてもいい子だわ」

ハンドルにかけられたアンドリアスの指にかすかに力がこもった。「僕には理解できない。十二歳の女の子の相手をするなんて初めての経験だからね」

リビーからほんの数センチのところにアンドリアスのがっしりした肩がある。彼女は体をずらして彼との距離を広げようとした。

「あなたたちはどうして一緒に住むようになったの？」第三者を話題にすればアンドリアスがどんなに魅力的か忘れられるかもしれないと思い、リビーは言った。「エイドリエンは、お祖母様が年をとったから自分の面倒をみられなくなったと言っていたけど」

アンドリアスは短く笑った。「母はゲームを楽しんでいるだけさ」

「ゲーム？」

アンドリアスは少しためらってからリビーに笑顔を向けた。「もうすんだことだ」短い沈黙のあと、彼は再び前方の道路に注意を戻した。「今夜は本当に助かった。学校に連れていったときでさえ、あの子は幸せそうな顔をしていた。君のおかげだ」

リビーは顔をしかめ、母親がゲームをしているというアンドリアスの言葉はどういう意味だろうと考えながら言った。「新しい学校になじむには時間がかかるものよ。まして、今は学期の途中ですもの」

「まるで自分の経験を話しているみたいだな」

「ええ」リビーは窓の外の暗闇《くらやみ》を見つめた。「私たちきょうだいは寄宿制の学校に行っていたの。アレックスはタフだから平気だったけど……ケイティと私は学校が大嫌いだったわ」

「ケイティというのは君のお姉さんかい？」

リビーはうなずいた。「姉は救急医療室で働いていて、そこの顧問医のジェイゴ・ロドリゲスと結婚しているの」

「そうなのかい？」アンドリアスはリビーのフラットの前に車をとめ、エンジンを切った。「夕方、彼に会ったよ。頭の切れる男だった。エイドリエンの話だが、僕も本当はあの子を寄宿学校には入れたくないんだ。いい家政婦が見つかり次第、僕の家で一緒に住むつもりでいる」

「彼女はかわいい女の子よ」リビーは言った。「すぐに友達もできるでしょう。自信を持たせて、外見を少し変えてあげれば大丈夫よ。それより、お母様があなたにあの子の面倒をみさせることにしたのが驚きだわ。独身の男性には、どうがんばっても十代の女の子は手に負えないと思うけど」

「母は人を操る天才だ。彼女は僕の気ままな生き方を変えさせ、落ち着かせたいのさ。そのためにあの子が役に立つと思っているらしい」

「どうしてエイドリエンが役に立つの？」

「あの子が一緒にいれば、僕の奔放な生き方にもブレーキがかかるというわけだ」

「まあ」リビーはその言葉についてしばらく考えた。「それじゃあ、お母様はあなたがろくでもない女性たちとばかりつき合っていると思ってるのね」

アンドリアスは頭をのけぞらせて笑った。「そのとおりだ。ちょっと君に似ているな。君も明らかにろくでもない男とデートしていたようだから」

リビーは魅惑的な彼の瞳を見つめ、ごくりと唾《つば》をのみこんだ。「前にも言ったけど、運命の相手なんて存在しないわ」

短い沈黙が流れた。「君がそう思うのはフィリップのせいかい？ それともご両親のせいかい？」

リビーはアンドリアスを見つめた。「どうして私の両親のことを知ってるの？」

「君が話してくれたんだ」アンドリアスはおもしろ

そうにリビーを見た。「オレンジジュースを飲んでいたから、覚えていなくても不思議ではないがね」

リビーはしぶしぶ笑い、シートにもたれた。「両親の話はしたくないの。いいえ、その話題についてはなにも話したくないわ」

「フィリップのことも？」

「フィリップのことはとくに」

「彼を愛していたのかい？」

リビーは驚いてアンドリアスを見つめた。「いいえ、そうじゃないわ。でも、彼はとてもねばり強かったから、デートするほうが論理的だと思ったの」

「論理的だって？」アンドリアスが眉をつりあげた。「本当の恋には論理など通用しない。感情的で、自制心を失ってしまうのが本当の恋だ」

アンドリアスにじっと見つめられ、リビーの笑顔が消えた。彼女は今まで本当の恋をしたことなどなかった。

「だったら、きっとそれは私の欠点なんでしょう。私はめったに自制心を失ったりしないし、自分の人生に起きることはすべてコントロールしたいの」

長い沈黙のあと、アンドリアスはリビーの方に向き直った。

「男女の間の強烈な化学反応はコントロールできない」彼はリビーの顔にかかっていたブロンドの髪を払った。「それは言葉を超えた激しい感情だ。君は明らかにまだそれを経験したことがないようだが」

アンドリアスの指がやさしく肌をかすめると、リビーは信じられないほどエロチックな気分になり、興奮がこみあげるのを感じた。

男女の間の化学反応とは、こんなふうに胃が引きつり、息苦しくなることをいうのだろうか？　だとしたら、私は今まさにそれを感じている。

リビーはうろたえ、必死にシートベルトをはずそうとした。

「もう行くわ。おやすみなさい」

しかし、バックルがはずれる前に力強い手がリビーの手を押さえ、顔を上向かせた。

「リビー、大丈夫だ。僕を信じて――」

「だめよ！」リビーはアンドリアスから体を離し、車を降りて彼と向き合った。「あなたの途方もない魅力を私に向けないで、ドクター・クリスタコス。それはあなたの注意を引こうと必死になっている女性たちのためにとっておいてちょうだい。私は興味がないの。ピザをごちそうさま」

その言葉とともに、リビーは車のドアを閉めた。膝がひどく震えていることにアンドリアスが気づかなければいいと思いながら。

4

翌朝、リビーはアンドリアスと距離をおこうと決心して出勤した。振り向くたびにあのセクシーな黒い瞳に魅せられ、仕事に集中するのがむずかしくなってきていると気づいたからだ。

まだ朝早い時間なのに、病棟はざわついていた。リビーはまっすぐレイチェルのようすを見に行った。

夜勤の看護婦がリビーを見て言った。「あら、これで家に帰ってベッドに入れるわ」

リビーはにっこりして子供を見た。「レイチェルはどう？　少しよくなったみたいだけど」

「熱は下がったから、抗生物質が効いたみたいね。

夜、ドクター・クリスタコスが来て、尿路感染症に間違いないだろうと言っていたわ」

「ゆうべ彼が来たの？」私を車から降ろしたときはすでに遅い時間だったのに、そのあと彼が病院に来たとは驚きだ。

　夜勤の看護婦はうっとりとほほえんだ。「彼はすばらしいドクターね。喘息《ぜんそく》の発作の小さな女の子が気になってたみたい。救急医療室では一時危険な状態だったらしくて、また容体が悪化するかもしれないと彼は心配していたの」

「じゃあ、その女の子のようすを見に来たのね？」

「ええ。十一時ごろだったわ」

「今朝はまだ来ていないの？」リビーはさりげない口調を装って尋ねた。

　看護婦は首を振った。「来てるわよ。レイチェルの血液を採取するようにと指示を出してから、今日退院予定のマーカスのようすも見ていったわ」リビーは驚きを顔に出さないように努めた。アンドリアスは仕事が忙しくてもまったく気にしないらしい。

　だが、私にとって彼が仕事熱心だというのは、彼を避けるのがむずかしくなることを意味する。患者は部下にまかせ、オフィスにこもりきりの顧問医のほうがまだましだった。

「ここは私が引き継ぐから帰っていいわよ。レイチェルのお母さんは？」

「顔を洗いに行ったわ。レイチェルがずっと起きていたから、ほとんど眠れなかったんでしょう」

「おむつは濡《ぬ》れている？」

「たっぷりね。でも、夜の間に水分を十分とったとは言えないわ」

　リビーはうなずいた。「じゃあ、私もできるだけ水分をとらせてみるわ。点滴をはずせるようになればいいんだけど」

戻ってきたレイチェルの母親を見て、リビーはほほえんだ。化粧ポーチをしっかりとかかえたアリスンはひどく疲れているようだった。

「おはようございます。レイチェルは少しよくなったようですね」

アリスンは心配そうに娘を見た「そうでしょうか？　顔色は少しよくなりましたが、一晩中機嫌が悪くて」

「きっと今日あたりから回復しはじめるでしょう」リビーは言った。「早く点滴をはずせるように、できるだけ水分をとらせないと」

「じゃあ、ミルクを飲ませてみようかしら……」

「三十分くらい待ちましょう。レイチェルが目を覚ましてから……」そのときアンドリアスが病室に入ってきたので、リビーは途中で言葉を切った。

「おはよう」

その声はやさしげでひどく男らしく、リビーは全身の神経がざわめくのを感じた。

「レイチェルはよく眠っているわ。三十分ほどしたらミルクを飲ませてみるつもりよ」

アンドリアスはカルテに記された夜間の記録にざっと目を通した。「これをもとにレイチェルの症状を確認し、僕に知らせてくれ。水分の補給も頼む。なにか問題があったら呼び出してくれ。僕はこれから救急医療室へ行かなくてはならないから」

リビーが担当の患者をまわって戻ってくると、レイチェルは母親の膝に座っていた。だいぶ動きが活発になったようだ。

「あら、ずいぶんよくなりましたね。じゃあ、もう一度熱をはかってミルクを飲ませてみましょうか」

熱はかなり下がっていて、赤ん坊は勢いよく哺《ほ》乳《にゅう》瓶に吸いついた。

アリスンは大喜びした。「昨日は見向きもしなかったのに。きっと気分がよくなったのね」

リビーはうなずいた。「あとでドクター・クリスタコスに話してみましょう。この調子でミルクを飲んでくれれば、夕方には水分補給の点滴ははずせると思いますよ」

　リビーは結果を記録し、次の患者に移った。

　午前中は恐ろしいほど忙しく、やっとひと休みしてコーヒーが飲めると思ったころ、五歳の女の子が嘔吐《おうと》と高熱の症状で運びこまれてきた。ちょうどアンドリアスが病棟に戻ってきたので、リビーはさっそく彼をつかまえた。

「開業医からまわされてきた患者なんだけど、食べたものをすべて吐いてしまい、脱水症状を起こしかけているの」彼女は早口で説明した。「とりあえず予備の病室に入れたわ。感染症だとしたら、病棟全体に広がらないようにしなくてはならないから」

　アンドリアスはうなずき、紹介状に目を通した。

「わかった。とにかく診察してみよう」

　メラニー・パーマーはベッドでおなかをかきむしるようにして泣いていた。

　隣では母親が心配そうに顔を引きつらせていたが、アンドリアスが入ってきたのを見て立ちあがった。

「昨日の朝からこの調子で、だんだんひどくなっているんです」母親は懇願するような口調で説明した。「いったいどうしたんでしょうか？」

「診てみましょう」アンドリアスは手を洗うためにシンクに向かいながら答えた。「最初はどんなようすでした、ミセス・パーマー？」

　母親は涙をこらえて一瞬目を閉じたが、やがて気を取り直したように話しはじめた。「昨日の朝、日曜学校に連れていったときは少し疲れているように見えただけで、とくに心配はしていませんでした」

「迎えに行ったときはどうでしたか？」

「真っ青な顔をして、おなかが痛いと言っていました。しばらくそのままようすを見ていたんですが、熱が出てきてひどく具合が悪そうなので、開業医の先生に診てもらったんです。そうしたら、ただの腹痛だから一日たてば治ると言われました」

アンドリアスがベッドに近づいてきた。「でも、治らなかったようですね」

「ゆうべは大変でした。ずっとおなかをかかえてうなったり、泣いたりしていて」ミセス・パーマーは唇を噛《か》み締めた。「どうしたらいいかわからなくて、今朝もう一度開業医の先生のところへ行ったんです。きっとうるさい患者だと思われたでしょうが」

「もう一度診てもらうのは当然ですよ」アンドリアスはリビーと目を合わせた。リビーには彼が自分と同じことを考えているのがわかった。開業医はメラニーの症状を軽く見すぎたのだ。

「痛いのはおなかのどこかきいてみましたか？」アンドリアスが尋ねた。

ミセス・パーマーは力なく肩をすくめた。「全体が痛むようなんです」

アンドリアスはうなずき、ベッドの端に腰かけた。「こんにちは、メラニー」彼は少女にやさしく声をかけた。「ママから聞いたんだけど、おなかが痛いんだって？　見せてもらえるかな？」

アンドリアスの子供の扱い方に心底感心しながら、リビーは彼を見つめていた。今まで多くのドクターと仕事をしてきたが、彼らのほとんどは子供との付き合い方について初歩的な知識さえない。医師の試験には合格していても、なぜ子供が自分に協力しないのかわからないような者ばかりだ。

だが、幸いメラニーはギリシア人のハンサムなドクターが気に入ったようだった。

メラニーは信頼の色が浮かんだ瞳でアンドリアスを見た。「おなかがとても痛いの」

彼はやさしげにうなずいた。「そうみたいだね」

「治してくれるの？」

「もちろんだ。でも、君にも手伝ってほしい」アンドリアスはポケットから聴診器を取り出した。「まず僕がこれで君の胸の音を聞いてみるから、君にも僕の胸の音を聞いてほしいんだ」

少女は青い顔にかすかに笑みを浮かべた。アンドリアスが診察を始めると、彼女はときどき痛みに声をもらしつつも、静かに横たわっていた。

「斜筋が硬直している」指で腹部をさぐっていたアンドリアスはつぶやいた。「腹膜が炎症を起こしている徴候だ」

ミセス・パーマーは不安げに爪を噛んだ。「それはどういう意味でしょうか?」

「虫垂炎ですが、あいにくすでに破裂しているようです。激しい痛みと腹部の腫《は》れはそのせいでしょうね。外科医を至急手配してくれ、リビー。それがすんだら戻ってきて手伝ってほしい。管を注入する必要がある。ミセス・パーマー、最後にメラニーがなにか口に入れたのはいつですか?」

「夜、水をほんの少し飲みましたが、食べ物は昨日の朝食以降なにも食べていません」ミセス・パーマーが答えた。

リビーは急いで交換台に電話をかけ、外科医を呼び出してくれるよう頼んだ。

その間におもちゃ類をかき集めて〝気晴らし箱〟に入れ、彼女は必要な器具を持って病室に戻った。アンドリアスはメラニーにやさしげな声で話しかけていた。「君の腕にプラスチックの管を入れなくてはならないんだ」

メラニーはアンドリアスを見つめた。「痛いの?」

「少しね」アンドリアスは正直に答えた。「でも、君の病気を治すにはどうしても必要なんだよ」

リビーは母親の方を見た。「見ているのもおつらいでしょうから、処置が終わるまでコーヒーでも飲んでいらしたらどうですか?」

ミセス・パーマーは目に涙をためて首を横に振った。「いいえ、娘をおいてはいけません。どうぞ進めてください」

「わかりました」リビーはベッドに腰かけ、〝気晴らし箱〟を少女のわきに置いた。「さあ、メラニー、なにが出てくると思う？」

「風船だわ！」メラニーは箱に手を入れ、ピンクの風船を引っぱり出した。「これはもらえるの？」

「もちろんよ。私たちが準備をしている間に、ママにふくらましてもらいましょうか？」

ミセス・パーマーは快く風船を受け取り、ふくらましはじめた。

子供が気をそらしたのを見て、アンドリアスは静脈をさぐりはじめた。

「よし、ここを圧迫してくれ、リビー。放さないでくれよ」

一回目で静脈に針を入れそこなうと、この年齢の子供にもう一度言うことを聞かせるのは何倍もむずかしくなる。

アンドリアスは皮膚を消毒し、子供の手をしっかりとつかんで冷静に針を刺した。

メラニーはふくらんでいく風船に気をとられていて、口を開いて抗議しようとしたときにはもう、カニューレは無事にテープで固定されていた。

リビーは思わずアンドリアスにほほえんだ。「あなたは天才だわ、ドクター・クリスタコス」

アンドリアスはにやりとした。「君もだよ。あの〝気晴らし箱〟は気に入った」

「たいていは役に立つけど、そうでないときもあるわ」

メラニーが自分の腕を見て尋ねた。「これはなに？」

「そこから薬を入れるんだよ」アンドリアスがやさしく説明した。

「私、まだ先生の胸の音を聞いてないわ」

「そうか、まだだったね」アンドリアスがシャツのボタンをはずしておとなしく腰を下ろすと、メラニーが聴診器を胸に当てた。

気がつくとリビーの目はアンドリアスのたくましい胸に釘《くぎ》づけになっていた。体の奥に激しい興奮がこみあげてくる。あの褐色の肌に指を這《は》わせ……。

自分の考えていることにショックを受け、リビーがアンドリアスからなんとか視線を引き離したところで、外科医が到着した。

「すぐに階下《した》へ連れていこう」デイヴ・ジェナーは子供を診たあとで言った。

リビーは手術の同意書を集めながら、まだベッドのそばをうろついていた。アンドリアスのシャツのボタンははずされたままで、そこに再び視線が引きつけられてしまった。

デイヴと話していたアンドリアスが片手を上げ、さりげなくボタンを留めはじめた。だが、彼はふいに動きをとめてリビーの視線をとらえた。

リビーはなんとかしてその強烈な視線から逃れようとしたが、動揺が顔に現れていたに違いない、アンドリアスの唇がカーブを描いた。その笑顔を見てリビーの膝はひどく震えた。

彼は自分が私にどんな影響を与えるか、よくわかっているのだ。

リビーは必死に努力して患者に注意を戻し、小さい少女の手術の準備に集中した。

「パジャマを脱ぐのはいや！」自分の体に腕をまわしているメラニーを見て、リビーはほほえんだ。アンドリアス以外に注意を向けるものがあるのはありがたかった。

「脱がなくていいわよ。着たままで平気なの」リビーはいろいろなキャラクターがついているパジャマをじっと見つめた。「かわいいパジャマね」

「では、手術室で」デイヴ・ジェナーはミセス・パーマーとメラニーにうなずき、外科チームを引き連れて部屋を出ていった。

「さあ、二人で美容院ごっこをしましょう」リビーは陽気に言い、ポケットからゴムバンドを取り出した。「まずはあなたのすてきなブロンドの髪をうしろでまとめてあげるわ」

メラニーはうなずき、リビーを見た。「あなたはずいぶん髪が長いのね。プリンセスみたい」

リビーはほほえみ、メラニーの手首のストラップに書かれた名前と番号を確認した。「ええ、私はプリンセス・リビーっていうの」それからカルテとメモを集め、最後に勇気を振りしぼってアンドリアスの方を見た。「メラニーを階下に連れていきましょうか？」

アンドリアスはうなずいてから、ミセス・パーマーに向き直った。「あまり心配しないようにしてください。ミスター・ジェナーはとても優秀な外科医ですから」そして、メラニーの隣に座って少女の手を取った。「さて、メラニー、これからなにをするか説明しよう。君のおなかには悪いものが入っていて、そのせいでおなかがひどく痛むんだ。だからそれを取ってしまえばすぐによくなるんだよ」

メラニーは目を大きく見開いてアンドリアスを見た。「痛いの？」

アンドリアスは首を横に振った。「いや、君はしばらく眠っているから大丈夫さ。目が覚めて痛かったら、お薬をあげるからね」彼はそこで目を上げ、ちょうど戸口に着いたポーターを見た。「さあ、あのお兄さんが君を階下に連れていってくれる」

アンドリアスは立ちあがり、リビーが安全装置を解除してドアの外まで慎重にストレッチャーを押していくのを見ていた。

メラニーの顔がゆがんだ。「ママと一緒がいい！」

「もちろんよ」リビーはすぐに言い、少女に母親の顔が見えるようにわきに寄った。「ママはここよ」

ミセス・パーマーは緊張のあまり蒼白《そうはく》になっていた。

「お子さんが眠ってしまうまで、一緒に麻酔室にいてかまいませんよ」

ミセス・パーマーはごくりと唾《つば》をのみこんだ。

「はい……ええ、そうしますわ」

麻酔室ではブロンドの男性が手術の準備をしていて、リビーは思わず体をこわばらせた。

フィリップ！

よりによってなぜ麻酔医が彼なの？

「メラニー・パーマーです」リビーはプロらしく冷静な声で言った。「メラニー、こちらはドクター・グラハムよ。あなたが眠るのを手伝ってくれるの」

「やあ、メラニー」フィリップは少女にほほえみかけたが、それは大人がよく子供たちに向ける見せかけだけの陽気な笑顔だった。リビーは、ごく自然に子供たちと接しているアンドリアスとフィリップを比べずにいられなかった。

私はいったいフィリップのどこに魅力を感じていたのだろう？

フィリップがメラニーの鼻にガスを送りはじめると、少女はしだいに目を閉じていった。

「一緒に病棟に戻りましょう」フィリップが作業を続けている間に、リビーはミセス・パーマーにやさしく声をかけた。「コーヒーでも飲んでひと休みしたほうがいいですわ。手術が終わったらミスター・ジェナーが知らせてくれますから」

フィリップが顔を上げ、意味ありげな視線を向けた。「あとで病棟に行くよ、リビー。話があるんだ」

リビーは彼に冷たい目を向けただけで、なにも言わなかった。患者や関係者の前では個人的な話はしたくない。それはプロにはあるまじき行為だし、そもそもフィリップと話をするつもりもない。

病棟に戻ると、彼女はミセス・パーマーにコーヒーを用意してから、レイチェルのようすを見に行った。

「顔色がとてもよくなっていますね。水分はとりましたか？」

アリスンはうなずいた。「十一時に哺乳瓶一本分のミルクを全部飲みました。とても喉が渇いていたみたいです。こんなに飲んだのは数日ぶりですわ」

リビーは笑顔で赤ん坊の体温をはかった。「熱も下がってるわ。この調子ならすぐに点滴もはずせるでしょう」

「抗生物質は続けないといけないかしら？」

「ええ。でも、のみ薬に変えられると思います」リビーは体温を記録し、呼吸のようすも書き留めた。

「点滴がはずれたらプレイルームにも行けますわ」

昼食のあと、メラニー・パーマーが手術室から戻ってきた。

「虫垂を摘出し、腹膜腔《こう》を灌注《かんちゅう》した」少女を病棟に戻してから、アンドリアスはリビーに説明した。

「抗生物質の投与を続ける。ガスが出るまで口からなにも入れないように」

「これは開業医の見落としだったの？」リビーは小声で尋ねた。「彼にも見つけられたはずでしょう？」

アンドリアスは顔をしかめた。「あの状態を見れば警戒してもいいはずだが、幼い子供の虫垂炎は非常に見つけにくい。子供を医者に連れてきた時点で破裂していることがほとんどだ。だが、メラニーの場合……」彼は肩をすくめた。「開業医がもっと早く見つけられたかどうかを判断するのはむずかしい。もちろん疑いを持ってもいいはずだが、今さらなにを言っても仕方がない」

だが、リビーはアンドリアスがほんの数分で正確な診断を下したのを見ていた。

レイチェルの件にしろメラニーの件にしろ、開業医にとってこの二日間は災難だったとしか言いようがない。

ミセス・パーマーが心配そうな顔で部屋に入ってきた。「娘は大丈夫ですか？」

「ええ、大丈夫です。鎮痛剤を投与され、今は眠っています」リビーが言った。

アンドリアスは手術の結果をミセス・パーマーに説明してから戸口に向かった。「救急医療室に行っているから、用があったら呼び出してくれ」

ミセス・パーマーは部屋を出ていく彼にせつなげな視線を向けた。「彼はすばらしいドクターですね」

「ええ」リビーは静かに同意した。「本当にすばらしいドクターですわ」

勤務時間も終わりに近づいたころ、リビーが備品室にいるとアンドリアスが近づいてきた。

「僕が権利を落札したデートの件だが……」

なめらかで魅惑的な声に思わず引きこまれそうになりつつも、リビーは精いっぱいうんざりした表情を装った。「なんのデートですって？」

アンドリアスが答える前に、彼の背後からフィリップの声がした。「リビーをさがしているんだ」

リビーは恐怖のあまり体をこわばらせ、備品室の奥へとあとずさりした。だが、すでに手遅れだった。

フィリップはアンドリアスをにらみつけながら部屋に入ってきた。「ここでは話がしにくいな」彼は硬い口調で言った。「病院のパーティまであと三週間だが、君がきちんと約束を覚えているかどうか確かめようと思ってね」

リビーはあんぐりと口を開けた。

あんなことがあったのに、彼は本当にまだ私が一緒にパーティに行くと思っているのだろうか？　なんてモラルのない男性だろう！

リビーは癇癪《かんしゃく》を起こしそうになるのをなんとか

こらえて言った。「いいえ、ドクター・グラハム。もちろんパーティの話はなしよ」

フィリップは顔をしかめ、わざとらしくアンドリアスを見た。「かまわなければ、僕はリビーと二人きりで話をしたいんだが」

アンドリアスは眉一つ動かさなかった。いつもは温かみのある黒い瞳がふいに冷たい色に変わった。

「それはできないな」

フィリップの顔がかすかに赤らんだ。「これは個人的な話――」

「あら、あなたと話すことなんてなにもないわ」アンドリアスが自分を見捨てなかったことに安堵《あんど》を覚えつつ、リビーは辛辣《しんらつ》な口調で言った。「それに、あなたとは絶対にパーティに行かないわよ」

「だが……」フィリップは少し呆然《ぼうぜん》としているようだった。「僕たちは約束――」

「もしパートナーがいないなら、奥様が喜んで来てくださるんじゃないかしら」リビーは愛想よく言いながら、アンドリアスが壁に寄りかかって不穏な表情で二人のやりとりを見ているのに気がついた。

フィリップはみっともないほど顔を赤くした。

「妻とは別れたと言ったじゃないか」

「別れた？」リビーの青い瞳から怒りの火花が飛び散った。「あの朝見たときは、間違いなく別れていないようだったけど」

「説明するよ、リビー。話を聞いてくれ――」

「いいえ、話を聞くのはあなたのほうよ」リビーはフィリップに向かって一歩踏み出した。「あなたは最低の男だわ。それに、私はパーティに行かないと言ってるわけじゃないの。必ず行くわよ。ただ、あなたとは行かないわ」

フィリップは最初めんくらった顔をして、それからショックの表情を浮かべた。「今ごろになって相手を見つけようとしたって、だれもいないぞ」

リビーは即座に決心し、アンドリアスにまばゆいばかりの笑顔を向けた。「私はアンドリアスと行くのよ」リビーは彼に近づき、熱いまなざしで彼の目をのぞきこんだ。「都合をつけてくれるわよね、ダーリン？」

アンドリアスはためらわずに答えた。「もちろんさ」そして、身をかがめてリビーの唇にキスをした。

脳が完全に機能を停止し、リビーはアンドリアスに身をまかせた。もはやフィリップのこともパーティのことも頭から消えていた。アンドリアスの言うがままにはならないという決意も消え去り、感じているのは脳が溶けてしまいそうな興奮だけだった。

ついにアンドリアスが顔を上げ、指の関節でリビーの頬を撫《な》でてゆがんだ笑みを浮かべた。「リビーと僕は一緒に花火を楽しむつもりさ」

フィリップは二人をにらみつけて言った。「そうか、君がそのつもりなら仕方がない」彼は踵《きびす》を返し、振り返りもせずに出ていった。

「キスまでしなくてもよかったのに」リビーはつぶやき、フィリップが行ってしまったことを確かめるために部屋の外をのぞいた。

アンドリアスは優位な立場に立った男性らしい余裕を漂わせ、目を細めてリビーを見た。

「説得力が必要だろうと思ってね」

「おかしなことを考えないで、ドクター・クリスタコス。だれか一緒に行ってくれる人はいないかと思ったら、たまたまあなたがそこにいただけよ」

アンドリアスのハンサムな顔にもの憂げな笑みが浮かんだ。「もちろんさ」

「もしパーティに行かなかったら、フィリップのことが忘れられずに家に閉じこもっていると思われるわ。それだけは我慢できないの」

「そうだろうとも」

リビーは彼をにらみつけた。「これはデートではないわ」

「ああ、そのとおりだ」

「単に同僚同士が一緒に外出するだけ。完全にプラトニックな話で、キスもなにもなしよ」リビーは唇を噛んだ。

アンドリアスの瞳が楽しげな光を放った。「キスもなし？」

「ええ、絶対に」リビーはつぶやいてアンドリアスから視線をそらし、さがし物を見つける作業に戻った。「それで、来てくれるの？」なぜ私は彼を誘ってしまったのだろうと思いつつ、リビーは尋ねた。「パーティは三週間後よ。忙しかったら無理しなくてもいいわ。ほかの人をさがすから」

あなたのようなキスをしない人を。

アンドリアスはリビーに近づき、彼女の上気した頬に指を当てた。「パーティにはお供するよ、シンデレラ。でも、プラトニックな関係を保つという約束はできないな」

リビーの胃が引っくり返った。「アンドリアス……」

「君とフィリップが顔を合わせるたびに、僕たちはキスをする必要がありそうだ」アンドリアスは反論できない理屈で指摘した。「だとしたら、流れに従ったほうがいい。君がもしフィリップに彼とのことを乗り越えたとはっきり示したいなら、相当な回数のキスが必要だと思うよ」

リビーは目を閉じた。

男性には近づかないようにしていたはずなのに、私はなんて愚かなことをしているのだろう！

リビーはふいに、どうしても姉と話したくなった。

5

翌日、姉妹は二人とも遅番だったので、テムズ川のそばのカフェで一緒に遅い朝食をとることにした。

「おはよう」リビーは椅子にバッグを置き、身をかがめて姉にキスをした。「疲れきっているみたいね」

ケイティは苦笑した。「褒め言葉をありがとう」

リビーはしげしげと姉を見た。「具合が悪いの？」

「いいえ」ケイティは視線を落とし、バッグをかきまわしてサングラスをさがした。「疲れてるだけよ」

「ふうん」リビーは考えこむように姉を見ていたが、さらに質問をする前にウエーターが注文を取りに来た。「カプチーノのレギュラーを二つ。それにチョコレートブラウニーを一つ」

ケイティは恥ずかしそうにウエーターを見た。「カプチーノはやめて、ミントティーにしてもらえるかしら？」

ウエーターは愛想よくうなずいたが、リビーは疑わしげに目を細めた。「ミントティー？ やっぱりなにかあったに違いないわ。あなたはカプチーノ中毒のはずだもの」

ケイティの美しい顔にうっすらと赤みが差した。「しばらくコーヒーはやめようと思って」

リビーは椅子の背にもたれ、姉をじっと見つめた。「妊娠したのね」

ケイティは唇を噛《か》み締めた。「リビー、私――」

「私は妹よ」リビーはやさしく言い、身を乗り出した。「どうして話してくれないの？」

ケイティはため息をついてサングラスをはずし、眉間《みけん》をもんだ。「まだ日が浅いし、怖かったの。以前に一度流産しているし……」

「ジェイゴには話したの？」

「ゆうべね」

リビーはほほえんだ。「大喜びしたでしょうね」

ケイティはかすかに頬を染めた。「ジェイゴは骨の髄までスペイン人だから、まるで自分だけの手柄のように思ってるわ」

リビーは笑った。「今何週目くらいなの？」

「まだ六週目なの」ケイティはため息をついた。「ばかみたいでしょう、こんな早くから大騒ぎして」

姉の目に涙が光っているのに気づき、リビーは身を乗り出して姉の手を握った。「大丈夫よ、ケイティ。赤ちゃんはきっと順調に育つわ」

「そう思う？」ケイティは救いを求めるように妹を見た。

「お姉さんはドクターじゃないの。自分でもわかるはずよ。アレックスには話したの？」

ケイティは首を横に振った。「まだよ。でも、金曜日にはジェイゴと三人で食事をするの。あなたも来ない？」

「仕事だから。それに、今はアレックスに会いたくないの。喧嘩《けんか》中だから顔を見たら殴ってしまうかもしれないわ」

ケイティはため息をついた。「私があのフラットを出たあと、アレックスが引っ越してきたのが間違いだったわね。あなたたちはいつも喧嘩ばかりじゃないの。今度はなにが原因なの？」

「アレックスはオークションで私を落札しなかったのよ」リビーは暗い声で言った。

「そうすることになっていたの？」

「ええ」リビーはあの晩を思い出し、顔をしかめた。「だれともデートに行きたくなかったから」

「それなのに、アレックスが忘れてしまったの？」

「忘れたんじゃないわ」リビーは口元をこわばらせた。「あのアレックスが私をいじめる口実を見逃すはずがないでしょう。でも、心配しないで。パーティで三人揃《そろ》ったときに痛い目にあわせてやるから」

ケイティのティーカップが宙でとまった。「あら、あなたはパーティに行くの？　私はてっきり――」

「ええ、わかってるわ」リビーは顔をしかめた。「自分から罠《わな》に飛びこんだようなものよ」

ケイティはカップをがちゃんとソーサーの上に置いた。「まさか、フィリップと行くんじゃないでしょうね？」

「とんでもない！」リビーは身震いした。「フィリップとなんか絶対に行かないわ。本当はパーティに行くつもりはなかったんだけど、それでは彼に裏切られたのが悲しくて外に出られないと思われるでしょう。そんなことは耐えられないもの！」

「それで、オークションであなたのために大金を払った、あのゴージャスなギリシア人と出かけるというわけね？」

リビーは体をこわばらせた。「だれに聞いたの？」

「病院中の噂《うわさ》よ。だって彼はあなたに千ポンドも払ったんでしょう、リブ！」

リビーはどうでもよさそうに肩をすくめた。「彼は大金持ちだから」

「金持ちはむだづかいをしないのよ」ケイティは言った。「だからこそ、金持ちになれたんだもの」

「彼がなぜ私のために千ポンドも払ったかなんて知らないわ」リビーはそっけなく言い、スプーンでコーヒーの表面の泡をすくった。「男が考えることなんてわかるはずないでしょう？」

ケイティはやさしげにほほえんだ。「彼はものすごくゴージャスな男性だと聞いたけど」

リビーはアンドリアスの豊かな黒髪と信じられないほどセクシーな瞳を思い浮かべた。

「ええ、確かにゴージャスよ」

「じゃあ、なにが気に入らないの？」

「彼が男だってことよ」リビーはにべもなく言い、スプーンを置いてコーヒーの表面にできた模様を見つめた。「それが問題なの」

ケイティはミントティーを飲みほした。「あなたはもう二十九歳よ、リブ。自分のまわりにずっと壁を築いているわけにはいかないわ。いつかはだれかを信じなくてはならなくなるんだから」

「だれかを信じるなんて、わざわざトラブルを求めるようなものよ」

「彼が好きなのね」ケイティが穏やかに言うと、リビーは短く笑ってコーヒーカップを手に取った。

「ええ、好きよ。とてもね」確かにアンドリアスには今まで男性に対して感じたことのない感情を抱いている。「でも、だからといって、彼が男であることに変わりはないわ」

「男性は全員ろくでなしというわけじゃないのよ」ケイティはやさしく諭した。「いいかげんにそんな考えから抜け出して、いろいろ試してみないと」

「試してみたわ」リビーはそっけなく言った。「そうしたら、彼は奥さんとベッドの中にいたのよ」

ケイティは顔をしかめた。「じゃあ、あなたはフィリップを愛していたの？」

リビーはカプチーノを一口飲んだ。「いいえ。だからこそ、よけいに男性と深くかかわるまいと決心したのよ。本気で彼を愛していたらどんなにつらかったか、想像してみて。恥をかくだけじゃなくて、きっと心まで傷ついたでしょう」

ケイティは混乱した表情を浮かべた。「じゃあ、あなたは愛してしまう可能性のない男性とだけかかわって生きていくつもり？　そんなことができるかしら？」

「無理でしょうね。それに、そうしたいとも思ってないわ。とにかく、私は恋をしてひどい目にあいたくないだけよ」

「でも、本当に好きな人を選べばうまくいくかもしれないわ」ケイティは論理的だった。「あなたは傷つくことを恐れ、愛してしまうことのない相手ばかり選んでいる。それでは運命の相手になんか出会えるはずがないわ」

「運命の相手なんていないわ。そんなのはサンタクロースや復活祭の兎《イースター・バニー》を考え出したのと同じ人が作った、子供向けの神話よ。まあ、個人的にはイースター・バニーのほうがいいけど。少なくとも、チョコレートを持ってきてくれるから」

軽口をたたいてはみたものの、リビーは姉の言葉が気にかかっていた。確かに私はフィリップになにも感じてはいなかった。私はやはり愛する可能性のない相手ばかり選んでいたのだろうか？

「あなたは自分を守ろうとするあまり、恋をするのを恐れすぎているのよ、リビー」

リビーは姉をにらみつけた。「あなたは救急医療室のドクターであって、精神科のドクターではないはずだけど」

「今日はあなたの姉よ」ケイティはやさしく言った。「私はあなたを愛しているから、あなたが愛する人と結婚して、大好きな赤ちゃんといるところを見たいの。アレックスも同じじゃないかしら？　だから彼はオークションに行かなかったんだと思うわ。あなたがいい人に出会うことを期待して。そして、実際あなたはそういう男性に出会った」

リビーは太陽の光を反射してきらめく水面を見つめた。「恋をしたら、とても無防備になるでしょう」

「ジェイゴに再会したとき、私も同じような葛藤《かっとう》に悩まされたわ。昔、彼は私をひどく傷つけたから。ねえ、リブ。ジェイゴをもう一度信じるのは、私の人生で一番むずかしいことだったのよ」

「私とアレックスは、あなたとジェイゴによりを戻してほしくていろいろ画策したわ。だってあなたはフレデリック・ハミルトン卿《きょう》と結婚しようとしていたんですもの」

「フレディと結婚する気になったのは、ジェイゴといるときの自分の気持ちが怖かったからよ。ちょうど今のあなたと同じで、傷つくのが怖くて逃げていたのね。でも、いつかは危険を冒さなくてはならないときが来るわ、リビー。さもなければ、愛を知らずに一生を終えることになるもの。私はときどき、もしジェイゴと一緒になっていなかったらと思ってぞっとするの。彼がいなかったら私の人生はひどくむなしいものだったわ」

姉夫婦の関係がうらやましくて、リビーはため息をついた。「あなたたちは昔からお互いに夢中だったもの」

ジェイゴがケイティにどんなに大きな影響を与えているか、リビーはよく知っていた。

だが、彼女は男性に対してそれほど強い感情を抱いたことはなかった。

アンドリアスに会うまでは。

午後から病棟に出勤すると、レイチェルの点滴ははずされていた。

「とてもよくなってるわ」ベヴが言った。「今朝、アンドリアスから点滴をはずすように言われたの」

「尿検査の結果は出た？」

「陽性よ。尿路感染症《UTI》だったわ」

やはりアンドリアスは正しかったのだと思い、リビーはしぶしぶほほえんだ。「メラニーはどう？」

ベヴはほほえんだ。「あの子も順調よ。傷は少し痛むようだけど、かわいい子ね。とても明るいし」

「メラニーの点滴もはずれたの？」

ベヴはうなずいた。「ガスが出たから、ゆうベアンドリアスが水を少し口に含ませたの。今朝になってから、点滴もはずしたわ。もうプレイルームに連れていけるかもしれないわね」

小児科の看護婦ならだれでも知っていることだが、子供たちにはできるだけ遊びの機会を与えることが大切だ。「じゃあ、あとは私が引き継ぐわ」

リビーはまずレイチェルのようすを見に行った。そして、顔色がよく動きも敏捷《びんしょう》、周囲のものにも興味を示すとカルテに記録した。

「まるで違う赤ちゃんみたい」リビーの言葉にアリスンがうなずいた。

「ええ。抗生物質はすごいですね。開業医がここを紹介してくれてよかったわ」アリスンは悲しげにほほえんだ。「診断は間違っていたかもしれないけど、おかげでドクター・クリスタコスに診ていただけたんですもの。彼はすばらしいドクターだわ」

そのとき、アンドリアスが部屋に入ってきた。

「さあ、僕が抱かせてもらう番だ」アンドリアスが赤ん坊を抱きあげてやさしく話しかけると、赤ん坊は小さな手で彼の頬をたたいた。

「この子ったら先生が大好きみたい」アリスンが恥ずかしそうに言うのを聞き、リビーは力なくアンドリアスを見た。

彼に魅了される女性に年齢制限はないらしい。

リビーはなんとか自制心を取り戻し、すばやくレイチェルのベッドのシーツを交換してから抗生物質の点滴を用意した。

「この点滴が終わったら、のみ薬に変えよう」アンドリアスは赤ん坊をあやしながら言った。

リビーはアンドリアスの方を見ずに必要な作業を終え、ナースステーションに戻ろうとした。だが、彼がリビーのすぐうしろに来て言った。

「エイドリエンをショッピングに連れていってくれる話だが、三週間後でいいかきいてくれと頼まれたんだ。それまではいろいろ学校の行事があって忙しいらしい」

「あら、学校に残る気になったのね。うれしいわ」

アンドリアスは皮肉っぽく笑った。「僕もだよ。やっと友達もできたらしい。君のおかげだ。ところで、三週後というのはちょうどパーティの土曜日だから、君は都合が悪いんじゃないかい？　支度があるだろう？」

「支度に一日もかからないわ」リビーはあっさりと言った。「それに、私自身も買い物があるの。だから平気よ。私も本当に楽しみにしているんだもの」

「エイドリエンもだ。君の親切に感謝するよ」アンドリアスはほほえんだ。「ところで、僕も一緒に行ってもいいかな？　それとも女性だけかい？　途中でランチをごちそうしたいと思ってるんだが」

リビーはためらったが、エイドリエンはアンドリアスにも来てほしいだろうと思った。

「歓迎するわ。ただし、よけいな口をはさまないでね」

アンドリアスは片方の眉をつりあげた。「僕の意見は価値がないというのかい？」

「寄宿学校に通う、十二歳の女の子にとってはね」リビーはそっけなく言った。「私にはあの子の欲しいものがわかるの」

「だが、僕にはわからない？」

「あなたは男だもの」

「そのとおりだ、リビー。君がそれに気づいてくれてよかった」

リビーはごくりと唾《つぼ》をのみこんだ。もちろん気づいてるわ。気づくなというほうが無理よ。

三週間はあっという間に過ぎた。小児科病棟はひどく忙しく、アンドリアスも仕事に追われているようだったので、リビーは数日間彼の姿を見かけないこともあった。

そしてパーティの日の午後、二人はエイドリエンを迎えに行ってから、ロンドンの中心部に向かった。

「まずは髪ね」リビーは言い、座席の上で体の向きを変えて少女の方を見た。「ロンドンで一番すばらしい美容院へ連れていってあげるわ」

エイドリエンは目を見開き、手に負えないモップのような髪に手をやった。「髪を切ってもらうなんて初めてよ。ちょうど伸ばしはじめたところなの」

「短くはしないから大丈夫よ」リビーは請け合った。「私を信じて。きっとすてきな髪形になるから」

リビーはアンドリアスに裏通りに入るように言い、車をとめる場所を教えた。

「こんなロンドンの真ん中に車を置ける場所があったとは驚きだな」

リビーはにっこりした。「ここは特別な客専用なの。私もそういう客の一人なのよ」

彼はリビーの輝くブロンドの髪に目をやり、皮肉っぽい笑みを浮かべた。「確かにそうだろうね」

車から降りると、リビーは超高級ヘアサロンのドアを開けた。「こんにちは、フランチェスカ。マリオはいる?」

受付の女性はリビーを見て顔を輝かせた。「まあ、いらっしゃいませ!」それからふいに困惑の表情を浮かべ、コンピューターの画面を見た。「今日はいらっしゃることになっていたかしら?」

「そうじゃないの。ちょっと頼みがあるのよ」

サロンの奥からやせた男性が歩いてきた。肌にぴったり張りつくフェイクの鰐《わに》革のスラックスをはいている。

「まさか土曜日に頼みがあると言うんじゃないだろうね、エリザベス・ウエスタリング?」

「こんにちは、マリオ」リビーは男性の両頬にキスをした。「楽しい仕事よ。嘘《うそ》じゃないわ」

男性はおおげさにうめき、片手で額をぬぐった。

「今日は土曜日だよ、リビー。一番忙しい日なんだ。

みんなが僕の予約をとろうと大騒ぎで――」

「でも、私はみんなとは違うわ」リビーにまぶしい太陽のような笑顔を向けられ、サロンのオーナーは仕方ないと言いたげにため息をついた。

「君にはかなわないよ」マリオはあきらめたように両手を広げ、そこで初めてアンドリアスに気がついてぴたりと動きをとめた。そして、彼の広い肩と力強い体をうっとりと見つめた。「お友達を紹介してくれよ、リビー。早く！」

リビーは笑った。「彼に手を出してはだめよ」

奇妙な表情を浮かべているアンドリアスを、マリオはいつまでもじっと見つめていた。

「リラックスして」リビーは笑いながら言った。「マリオは最高の美容師よ」それからエイドリエンの手をつかみ、一歩前に出させた。「ねえ、マリオ。私が十三歳のころのことを覚えてる？」

マリオは身震いした。「君は反抗期のティーンエージャーで、髪が言うことを聞かないからってふくれっ面をしてたね。お姉さんとはまったく違って」

「そのとおりよ」リビーはうれしそうにほほえんだ。「今日は反抗期のティーンエージャーをもう一人連れてきたの。学校で困っている彼女を変身させてくれないかしら？　流行の先端をいくクールな女の子にしてほしいの」

アンドリアスは抗議しようとしたが、リビーは彼の胸に手を当てた。

「口を出さないって約束したでしょう？　どうかしら、マリオ？　やってくれるわよね？」

マリオはおおげさに目をくるりと動かしてから、エイドリエンに近づいてゴムバンドをはずし、髪を垂らした。それから顔をしかめて彼女の髪を押さえたり引っぱったりして、その感触を調べた。

「ちょっと髪が多いな。これではせっかくのきれいな顔が隠れてしまってもったいない。レイヤーを入れて動きを出そう」マリオはさらに数分間エイドリエンの髪に触れていたが、やがてため息をついて受付の女性の方を見た。「午前中のスケジュールは組み直しだ、フランチェスカ」

リビーはマリオの頬にキスをした。「ありがとう、マリオ。コーヒーを飲んで一時間で戻るわ。それと、彼女はまだ十三歳にもなっていないんだから、妙に大人びた髪形はやめてね」

「僕に仕事のやり方を教えるつもりかい？」マリオは傷ついたように言いながら、スタッフの一人にエイドリエンのシャンプーを命じた。

「世間知らずの姪《めい》を、あんな男に預けて本当に大丈夫なのかい？」アンドリアスは通りの向こう側のカフェに向かうリビーを追いかけながら尋ねた。

リビーは笑った。「マリオはすばらしい美容師よ。それより、あなたのほうが危ないところだったわ。彼は本気であなたに夢中になっていたもの」

アンドリアスは不機嫌そうに首を横に振り、歩道に置かれたテーブルの一つについた。

リビーはカプチーノを注文した。「緊張しているみたいね。ねえ、なにがいけないの？　まさかマリオのことを本気で心配しているわけじゃないでしょう？　彼はロンドン一の美容師よ。四カ月先でないと予約をとれないくらいなんだから」

「リビーという名前を使わない限りはね」アンドリアスは皮肉っぽく言った。そして、ポケットからサングラスを取り出してかけた。

リビーは鋭く息を吸いこんだ。いつもは避けたくても避けられないセクシーな瞳が、今はサングラスの向こうに隠れてしまった。

「外見は大切よ」飲み物が運ばれてくると、リビーは椅子の背にもたれてウエーターにほほえんだ。「チョコレートブラウニーを一つもらえる？」

「チョコレートブラウニー？」アンドリアスが眉を

つりあげたので、リビーは肩をすくめた。

「女性には弱点があるものよ。私の場合はそれがチョコレートなの」

アンドリアスはセクシーな笑みを浮かべた。「君の弱点はそれだけかい、ミス・ウエスタリング？」

「そうよ」リビーはきっぱりと答えた。「でも、重症なの。さて、外見の話に戻りましょう。外見は重要じゃないと言う人もいるけど、そうとも言いきれない場合もあるわ。ティーンエージャーの場合、外見は周囲に受け入れられる条件の一つなの。彼らには彼らのファッションがあるのよ」

アンドリアスはカップを持ちあげた。「じゃあ、エイドリエンが髪形を変えれば友人を作るのに役立つと、君は本当に思っているのかい？」

「ええ、きっかけにはなると思うわ。まあ、おいしそう！」運ばれてきたチョコレートブラウニーを見て、リビーは唇を舌で湿らせた。それを見ていたアンドリアスは体を硬くこわばらせた。

リビーは彼の視線を感じ、ふいに体が熱くなった。

「そ、そんなふうに見ないで」リビーがつぶやくと、アンドリアスは片方の眉を上げた。

「どんなふうにだい？」

その声はかすれていてひどく男らしかった。リビーは自分がからかわれていると気づき、目を伏せてカプチーノに集中しようとしたが、むだだった。

「まるで……まるで私がチョコレートブラウニーならいいのにと言いたげな目で見ないで」彼女がついに言うと、アンドリアスは声をあげて笑った。

「僕の弱点はチョコレートじゃない。それに、僕たちは二人とも、実は僕が君をどんなふうに見ていたかわかっている。僕は君が欲しいんだ、リビー。そして、君も僕を欲しいと思っている」

リビーは彼をちらりと見た。「そんなことないわ」

アンドリアスは肩をすくめた。「いや、そうだ。

君も同じくらい強く僕を求めているのに、それを認めるのを怖がっている」

「あなたは私が世界で一番かかわりたくない男性よ」リビーはそっけなく言い、アンドリアスにもの欲しげな視線を向けて通り過ぎていく若い女性をにらみつけた。「前を通る女性たちは全員あなたのことを見ていくのに気がついている？」

　アンドリアスはサングラスをはずし、考え深げにリビーを見た。「だが、僕は彼女たちを見てはいない。僕は君を見ているんだ、リビー」

　心臓が激しく打っていた。リビーは激しい興奮に駆られ、思わず椅子の上で身じろぎした。そして、力なくアンドリアスを見た。彼女はこれほどセクシーな瞳を今まで見たことがなかった。

　リビーはごくりと唾をのみこみ、彼の顔からなんとか視線をそらした。「とにかく、私を見つめないで」彼女は必要以上に強い力でブラウニーにフォークを突き刺した。「あなたも少しいかが？」

「僕が求めているのは、君が僕といてリラックスしてくれることだ」アンドリアスの口調はどこか楽しげだった。「僕は君を求めているし、そうでないふりをするつもりはまったくないが、ウエスト・エンドの真ん中で君に襲いかかるつもりもない。君の準備が整うまで僕は待つよ」

「ずいぶん自信があるのね、ドクター・クリスタコス」リビーはかすかに震える手でカップを受け皿に戻した。「私の準備が整わなかったらどうするの？」

　アンドリアスはゆっくりと笑みを浮かべた。「整うさ。それまでは待つのを楽しむことにするよ」彼は身を乗り出し、ブラウニーをひと切れつまんだ。「それで、このあとはショッピングかい？」

　彼は冷静で、リラックスして見えた。リビーはうなずいてこう答えるのが精いっぱいだった。「ええ」

「君の？　それともエイドリエンの？」

「両方よ」

「今夜のためになにか買うのかい？」

「靴だけよ。ドレスはもうたくさん持っているから」

アンドリアスは黒い眉を上げた。「靴は十分持っていないのかい？」

「女性には靴が十分なんてことはありえないのよ」リビーは重々しく言って立ちあがり、テーブルに紙幣を置いた。「行きましょう。そろそろマリオが仕事を終えるころだわ」

リビーにはどうしても第三者が必要だった。さもないとアンドリアスに関するセクシーな妄想が果てしなくエスカレートしてしまいそうだった。

6

夜のパーティに向けて支度をしながら、今日は大成功だったとリビーは思っていた。さすがはマリオだ。リビーは姪《めい》を見たときのアンドリアスの驚いた顔を思い出し、含み笑いをした。

マリオの手によってスタイリングされた髪はエイドリエンの繊細な顔立ちを強調し、同時に現在の彼女の美しさ——女性になりかけた女の子特有の美しさをさらに引き立たせていた。

エイドリエンは感激し、そのあと何度も店のウインドーに映る自分の姿を眺めていた。

リビーは少女を自分のお気に入りの店に連れていき、キャミソール形のトップスと今風のコットンのスカートを選んだ。これなら必要以上にませて見えないし、彼女のスリムな体型を補ってくれる。

学校に送り届けるころには、エイドリエンは全身に興奮と自信をみなぎらせていた。

さあ、今度は私の番だわ。リビーは衣装だんすの中のドレスに手を伸ばした。

それは淡い金色のシルクの、細い肩紐《かたひも》がついたロングドレスだった。

リビーはドレスを着て満足げにほほえむと、金色の靴に足をすべりこませた。その靴はロンドンでも最高級のショッピングエリアにある小さな店で見つけたもので、ドレスに完璧《かんぺき》にマッチしている。

ブロンドの髪は幾筋かのほつれ毛を残して高い位置でまとめ、丁寧に口紅を引いた。

リビーが自分の姿に納得してショールに手を伸ばし、腕時計に目をやったところで、玄関の呼び鈴が鳴った。

アレックスは三十分ほど前に出かけたから、呼び鈴を鳴らしたのはアンドリアスに違いない。

リビーは足が震えるのを感じつつ玄関へ行き、そこで一瞬立ちどまった。心臓の鼓動が急に速くなり、興奮のあまり胃が引きつるような感覚を覚えた。

彼女は目を閉じ、考えた。なぜ私はアンドリアスを誘ってしまったのだろう？　こんなことはまさに危険な火遊びだ。

リビーは呼吸を整え、彼の顔を見ても自制心を失うまいと決心しながらドアを開けた。

ああ、どうしよう。

フォーマルな格好をしたアンドリアスがどんなにすてきか、予想しておくべきだった。

戸口にもたれかかった彼は、思わず息をのむほど男らしくセクシーだった。

まさに誘惑とトラブルの象徴のようだ。私はそんな男性を今夜の相手に選んでしまった。

「こんばんは」声がかすれてしまい、リビーは自己嫌悪に陥った。

アンドリアスはゆっくりとリビーの体に視線を這《は》わせてから、ついに口を開いた。「君はすばらしい」

リビーは突然、別のドレスを選べばよかったと後悔した。アンドリアスのあんな視線から身を守ってくれるようなドレスを。このドレスは前から見ると控えめな印象だが、うしろから見るとまったく違う。なんとか彼にうしろ姿を見せないようにしなくては と、リビーは思った。

アンドリアスが問いかけるようにこちらを見た。

「準備はできているかい？」

「バッグを取ってこないと」

ごくりと唾《つば》をのみこんでそのままあとずさると、アンドリアスは疑わしげに目を細めた。

「どうかしたのかい？」

「いいえ」こんなことはまったくばかげてるわ！

リビーは深呼吸してから振り向き、急いで部屋に戻ってバッグを取ってきた。「さあ、いいわよ」だが、彼がなにも言わないのでゆっくりと視線を上げた。

「君がうしろを向きたがらなかったわけがわかったよ」アンドリアスはリビーの目を見つめたまま、かすれた声で言った。「そのドレスを着るときは〝健康上有害〟と書いておいてほしいな。じゃあ、行こうか？」

アンドリアスの手がむき出しの背中に触れると、リビーはからっぽの胃にシャンパンを流しこんだような気分になった。エレベーターで一階に下り、とめてあった車に乗りこむまでずっと、リビーは彼の体の隅々まで強く意識していた。

暖かい夏の夜なのに、リビーの体は震えていた。

アンドリアスがリビーの顔をじっと見つめて尋ねた。「寒いのかい？」

リビーは首を横に振った。

寒いはずがない。制御不能に陥ったホルモンが大暴れしているだけだ。今まで私にこんな影響を与えた男性は一人もいなかった。

「じゃあ、なぜそんなに震えているんだい、いとしい人《アガペ・ム》？」

アンドリアスの方に向き直ると彼の唇が近づいてきて、リビーは思わず声をもらした。ゆったりしたキスはひどくエロチックで、リビーはいつのまにか彼にしがみつき、体を押しつけていた。今まで感じたことのない熱い欲望に全身が激しく脈打っている。

やがてアンドリアスが顔を上げ、ハスキーな声で言った。「口紅をだいなしにしてしまったな。すまなかった」

リビーは高ぶる感情を抑えこみ、バッグに手を伸ばした。「も、もう二度としないで」彼女はアンドリアスの含み笑いを無視し、口ごもりながら言った。

だが、本心では、アンドリアスとのキスは天国へ旅するようにすばらしいと思っていた。

ホテルに着くと、二人はテラスでシャンパンを飲んでいる人々に加わった。

リビーはすぐにケイティとアレックスを見つけた。二人ともそれぞれのパートナーと一緒だ。彼らと一緒にいるほうが安全だと思い、リビーはアンドリアスの腕を取って四人の方に向かった。

黒のロングドレスを着て、ブロンドの髪を高く結いあげたケイティはとてもエレガントだった。この前より顔色もいい。リビーは身をかがめて姉にキスをしてから、彼女の夫のジェイゴに向き直った。

「おめでとう」リビーはささやき、背伸びをしてジェイゴの頬にキスをした。

次いでアレックスの今夜のお相手と握手を交わした。冷たい瞳のブロンド女性は兄が今までつき合ってきた女性たちとまったく同じタイプだった。

続いてリビーはアンドリアスを紹介したが、彼はすぐにジェイゴと前日の救急医療室での出来事を話しはじめた。

「そういう話はやめましょう」ケイティが穏やかにたしなめた。「今夜は一年に一度、仕事の話はしない夜よ。さあ、席につきましょう。私たちはみんな同じテーブルだわ」

六人は舞踏室に移動し、自分たちのテーブルについた。リビーの席はアレックスとアンドリアスの間だった。

リビーはアンドリアスがすぐ近くにいることを痛いほど意識していた。テーブルの上に置かれた彼のすらりとした指は、彼女の指からほんの数センチしか離れていないところにある。

みんなが話をしたり笑ったりしている間、リビーはずっと隣のアンドリアスに気をとられていた。

食事の間、アンドリアスもときどきこちらを見ていた。待機作戦だろうと、リビーは思った。彼は自分の影響力をよく知っている。私の感情が危険なレベルまで燃えあがっているのに気づき、チャンスをうかがっているのだ。

アンドリアスのせいで胃が引きつり、リビーは食欲を失った。皿の上の食べ物を押しやっていると、アレックスが片方の眉を上げた。

「ハリウッド流のダイエットでもしてるのかい、リブ？」

リビーは弱々しく笑った。「あまり食欲がないの」

アレックスはリビーの隣に座っているアンドリアスに意味ありげな視線を向けた。アンドリアスは右隣に座っているケイティと熱心に話しこんでいた。

「こんな君を見るのは初めてだ。さては恋に落ちたというわけか」

リビーは目を大きく見開き、ぞっとしたように兄を見た。冗談じゃないわ！　私はアンドリアスのような男性に恋するほど愚かじゃないもの。

リビーは苦しげな声で言った。「私は恋をしたことなんて一度もないわ」

アレックスは肩をすくめた。「どうもおかしいな。目の前にあるチョコレートムースに君が興味を示さないなんて」

リビーは自分の皿に目をやった。チョコレートムースが運ばれてきたのを見た記憶すらない。いつもならとっくに平らげているはずなのに。

「チョコレートまで食べられないとしたら重症だ」アレックスは皮肉っぽく言い、妹の顔から手をつけていないムースへ視線を移した。「恋をしたか、胃腸炎かのどちらかだろう。僕はドクターだ。しかも両方の症状に詳しい」

リビーは動揺し、兄をにらみつけた。「うるさい人ね。話題を変えない？」リビーは兄の向こうに座っている女性をちらりと見た。彼女は救急医療室に勤務する兄の同僚と話している。「彼女はあなたに夢中みたいね」

「すぐに忘れるさ」アレックスはもの憂げに言った。

「女性を泣かせてばかりいて、罪の意識を感じないの？」リビーは声を落として言った。「私がこうなったのもお兄さんみたいな男のせいなのよ」

アレックスが眉を片方上げた。「靴を買いあさり、チョコレートなしでは生きられなくなったことがかい？」

「違うわ」リビーは高慢に言った。「わかってるくせに」

アレックスは眉をひそめた。「それは違う。僕は女性をだましたことはない。女性と一緒にいるときは、百パーセント忠実にふるまっている」

「三カ月間だけはね」リビーはそっけなく言った。

アレックスは広い肩をすくめた。「それがどうしたんだい？　僕はこれから先ずっと隣で目を覚ましたいと思うほどの女性に会ったことがないんだ」

リビーは目をくるりと動かした。「私はあなたの妹でよかったわ」

アレックスはほほえんだ。「つまり、兄でなかったら恋人にしたいほど魅力的だということか」

リビーがあきれ果てて言い返そうとしたとき、ケイティがテーブルの向こうから小声で注意した。

「なんの話か知らないけど、また喧嘩《けんか》なの？　もうやめなさい。アレックス、リビーをいじめないで」

「僕が？」アレックスは傷ついたような顔をして、たくましい胸に手を当てた。「僕は妹をいじめたりしていない。彼女をとても尊敬しているんだから」

「アレックス」リビーはわざとやさしげな声で言い、皿に手をかけた。そして、瞳をいたずらっぽくきらめかせ、兄の真っ白いシャツを見つめた。「このチョコレートムースの使い方を思いついたわ」

「二人ともやめなさい！」ケイティは二人をにらみつけてから、恥ずかしそうにアンドリアスを見た。「誤解しないでね。あの二人は本当は仲がいいんだけど、どうしても相手をいじめないと気がすまないらしいの。いつもそうなのよ」

アンドリアスはリラックスした表情で笑った。「かまわないよ。二人の会話はとてもおもしろい」彼は考えこむようにリビーを見つめていた。

リビーはチョコレートムースのことも兄のシャツのことも忘れ、恐ろしげにアンドリアスを見た。彼はどこまで話を聞いていたのだろう？　私が恋をしているというアレックスの言葉も聞かれてしまっただろうか？

「なぜ今夜はなにも食べないんだい、リビー？」アンドリアスの唇の端がかすかに上がった。「ダイエットかい？　それともほかに理由があるのかな？」

リビーは恥ずかしくてテーブルの下にもぐりこみたくなったが、歯をくいしばって耐えた。やはりさっきの会話を聞かれてしまったらしい。

彼女は目を閉じ、兄のおしゃべりを呪《のろ》った。

「おなかがすいていないだけよ」リビーはつぶやいて皿を押しやり、ウエーターにコーヒーをついでもらった。「こういうときはあまり食べないの。おなかがいっぱいだとダンスが踊れなくなるから」

アンドリアスは激しいリズムの曲を演奏しているバンドにちらりと目をやってから、立ちあがって片手を差し出した。「踊ろうか、リビー？」

みんなが期待するようにこちらを見ているので、リビーは仕方なくアンドリアスの手を取った。

大丈夫よ。彼女は自分に言い聞かせた。テンポの速い曲だから、体が触れ合う心配もないわ。

だが、ダンスフロアに出たとたん、それは見込み違いだったとリビーは気づいた。

アンドリアスは驚くほどダンスが上手だった。力強くリビーを抱き寄せ、回転させ、リズムにのって彼女の動きをリードしていく。

音楽の激しいリズムと彼の力強いリードに完璧に魅了され、リビーはいつのまにか自ら体を揺らし、回転させ、彼から体を離してはまた近づけた。

楽しくて、周囲のことなどまったく気にならなかった。

曲が終わり、称賛の拍手が起きたところで初めて、リビーは踊っていたのは自分たちだけだったと気づいた。

彼女は急に恥ずかしくなってテーブルに戻ろうとしたが、アンドリアスに笑顔で引き戻された。

「だめだ。まだ始まったばかりじゃないか」

今度は何組かのカップルもフロアに出てきた。二人のダンスを見て刺激されたのだろう。

踊っているうちに、曲がスローテンポの魅惑的なものに変わった。フロアの照明も穏やかになり、ふいに親密な雰囲気が漂いはじめた。

「ダンスが得意だなんて言わなかったじゃないの」リビーは顔を上気させ、息を切らしながら言った。

「僕はギリシア人だ」アンドリアスはなめらかな口調で応じた。「ギリシア人はみんなダンスがうまい」

アンドリアスはふいにリビーの体に力強い腕をまわし、彼女を抱き寄せた。リビーが彼の肩に片手を置くと、シャツの下の筋肉の硬さが指に伝わってきた。心をかき乱されるのを感じつつ、彼女はなんとか会話を続けようとした。

「あなたはギリシア人だから、お皿を割りながら踊るのかと思ったわ」

「そういうときもあるさ。さあ、もう黙ってくれ、リビー」

アンドリアスはさらにリビーを引き寄せ、腰に腕をまわして自分の体にぴったりと押しつけた。

リビーはアンドリアスの胸に頭をもたせかけて目を閉じた。自分の体が激しく反応していることに、彼女はショックを受けていた。胃の中ではまるで蝶《ちょう》が飛びまわっているようだ。アンドリアスはきっと私の体が震えているのに気づいているだろう。どうすればいいかわからずリビーがそのままじっとしていると、彼の長い指が彼女の顎を上げさせ、自分の方を向かせた。

二人の肌が触れ合い、息が混じり合い、興奮が耐えきれないほど高まった。

「み、みんなが見てるわ」リビーは平静さを失って言った。

「見せておけばいいさ」アンドリアスは穏やかにつぶやいた。「それより、僕は新鮮な空気を吸いたいな。君はどうだい？」

リビーはうなずいた。本当は冷たいシャワーを浴びたいところだが、新鮮な空気でも役には立つだろう。

二人は庭に出ていくつかの小さな外灯の下を通り

過ぎた。ダンスフロアの熱気と喧騒から逃れてきた二人には、外は信じられないほど涼しく平和に感じられた。

庭のテーブルには二組のカップルが座っていたが、アンドリアスはかまわず芝生を横切った。

やがて彼は足をゆるめ、深呼吸をした。「ここのほうがいい。あの部屋では体が熱くなりすぎてしまう」

リビーは恥ずかしそうにアンドリアスを見た。

「それはどういう意味？」

アンドリアスは答えず、舞踏室の明かりを見つめてかすかに聞こえる音楽に耳を傾けていた。リビーはふいにひどく無防備な気分になった。暗闇《くらやみ》が作り出す親密な雰囲気の中、私はこうして男性と二人きりでいる。

息苦しいほどの不安に駆られたが、リビーはアンドリアスのあとについてさらに進み、木立の中を抜けた。するといきなり池のほとりに出た。

「まあ！」リビーはぴたりと足をとめ、鏡のような水面が月光に照らされてきらめくのをうっとりと見つめた。「魔法みたい。どうしてこんな場所を知ってるの？」

アンドリアスはまだリビーの手首をつかんだままだった。「今夜最初にシャンパンを飲んだテラスから、ここが見えたんだ」

リビーは隣の男性の力強い存在感を意識しつつも、しばらくその場に立って静けさを味わっていた。顔を向けなくても、アンドリアスが自分を見つめているのがわかる。期待がこみあげ、鼓動が狂ったように激しくなった。彼の指は私の手首を握っているはずなのに、まるで全身に触れられているような気がする。

「リビー？」

ほとんど息もできずにリビーがアンドリアスの顔

を見ると、彼の瞳にはむき出しの情熱が浮かんでいた。リビーは突然、胃がむかついて意識が朦朧《もうろう》としてきた。アンドリアスの言うがままになってはいけないという声が頭の片隅で聞こえたが、その理由はもはや思い出せなかった。

アンドリアスはセクシーな黒い瞳をかすかに細め、値踏みするようにこちらを見おろしている。

ついに彼が顔を近づけてきたとき、リビーの体は期待に震え、彼に触れられることを求めてうずいていた。唇が重ねられるとリビーは声をもらし、片手を彼の胸に当てた。シャツの薄い生地を通して温かい感触が伝わってくる。

アンドリアスの舌はゆっくりとした動きでリビーをじらした。激しい欲望を呼び起こされ、リビーは思わず彼の首に腕をまわして体を引き寄せた。

アンドリアスは唇を合わせたままジャケットを脱ぎ、芝生の上に落とした。それからリビーに腕をまわし、彼女を強く引き寄せた。

彼の温かい両手がむき出しの背中を這いおりていくのと同時に、密着した彼の体から激しい欲望が伝わってきた。

リビーはもっとアンドリアスが欲しくなった。

だが、彼はなかなか先に進もうとしない。

首にまわしていた手を腰まで下ろしてくると、リビーは彼のシャツを引っぱった。ボタンがいくつかちぎれて飛んだ。

アンドリアスの手がドレスの肩紐をずらすのがわかり、あらわになったリビーの胸に冷たい夜気が当たった。彼の唇はリビーの唇から首筋へと移っていく。彼女は頭をのけぞらせて目を閉じた。彼の唇がさらに下に向かうと、リビーのすべての思考がとまった。彼がついに胸の蕾《つぼみ》を口に含み、リビーは思わず声をあげた。

アンドリアスは再び唇を合わせながら、リビーの体を芝生の上に横たえた。下腹部に感じる痛いほどの欲望と、アンドリアスの体の重み以外、リビーはなにも感じられなかった。

アンドリアスが脚の間に体をすべりこませてくると、リビーは声をもらしつつキスを返した。ついに彼の手が触れてほしくてたまらなかった場所に触れ、彼女は興奮のあまり大きく体をのけぞらせた。

リビーはあえぐように彼の名前を呼んだ。もっと彼が欲しかったし、もっと先まで進みたかった。

その瞬間、アンドリアスが顔を上げ、リビーは彼のためらいを感じ取った。

「アンドリアス……」懇願のこもったリビーの声が、アンドリアスに最後の一歩を踏み出させた。彼はリビーの目を見つめたまま体の位置をずらし、薄いシルクのパンティに手をかけた。

アンドリアスがなめらかな動きで体を重ねてくると、リビーは喜びの声をもらした。だが、彼はキスでその声を消し去った。アンドリアスがさらに深く体を沈め、彼のさしせまった欲望がはっきりと伝わってきた。リビーは興奮のあまりめまいを覚え、彼の背中の固い筋肉に指をくいこませた。

暗闇も池も、背中に押しつけられた冷たい芝生の感触も消え去った。もはやリビーにとってアンドリアスと彼の愛撫《あいぶ》以外はなにも存在しなかった。

恐ろしいほどの興奮へと駆りたてられながら、リビーはなんとか息をしようとした。やがて彼女は爆発的なクライマックスに達し、体が焦げてしまいそうなくらい荒々しい感情に屈した。

あまりにも強烈な経験にどっと疲れを覚え、リビーはそっと目を閉じた。

彼の心臓の鼓動と、首筋にかかる彼の温かい息を感じつつ、リビーは永遠にこうしていてもいいと思った。それから二人はゆっくりと現実に戻っていった。

アンドリアスはシャツを着たままだった。リビーが急いで脱がせようとしてボタンを引きちぎってしまったので、その端がだらりと垂れ、ちょうど彼女の裸の上半身を隠している。近くにはぞんざいにほうり投げられた彼のジャケットもあった。

アンドリアスはリビーには理解できないギリシア語でなにかつぶやいて地面に下り、彼女の体を抱き寄せた。そして、顔にかかった髪をやさしく払った。

「美しいリビー、僕を見てくれ」その言葉を聞いてアンドリアスと目を合わせたリビーは、熱く情熱的な彼の瞳にしっかりと心をつかまれてしまった。

私は彼を愛している。

その言葉が頭の中で大きく響いたが、リビーは口に出す直前ではっと我に返った。

いいえ、彼を愛しているはずなどない。

どうして私が彼を愛したりできるだろう？

今までだれとも分かち合ったことのない経験を、アンドリアスと分かち合ったというだけの話だ。

「僕に隠し事をしようなんて思わないでくれ」彼のハスキーな低い声を聞き、リビーは思わず身震いした。「震えているね。寒いのかい？」

もちろん寒いわけではない。

体は今まで感じたことがないほど熱くなっている。

アンドリアスが再びリビーの上におおいかぶさってきた。リビーは彼の体の隅々まで強く意識し、ひどく無防備な気分になった。

アンドリアスがうめき、再びキスをしようとしたとき、人の声が聞こえてリビーは恐怖のあまり凍りついた。

突然夢が砕け、彼女は自分の今いる場所を思い出した。

池のほとりの芝生にこんなふうに横たわっているところを、危うく人に見つかってしまうところだった。

いったい私はなにをしているのだろう？

アンドリアスはふだんと同じ冷静さでリビーの上から下り、彼女のドレスの肩紐を上げてから、自分のシャツのボタンを留めはじめた。

「ボタンが半分なくなっている」アンドリアスはつぶやき、すらりとした指でリビーの顎をつかんだ。瞳には楽しげな光が躍っていた。「なにか心当たりはないかい？」

リビーはあとずさった。自分がどんなに奔放にふるまったか思い出すと、顔が赤くなるのを感じた。私はいったいどうしてしまったのだろう。彼女はそう思いながら、かがみこんで靴を拾った。

私は自制心の強さを誇りにしてきたはずなのに。

アンドリアスに視線を向けると、彼はジャケットをはおっていた。ボタンが半分取れてしまっているのはジャケットがごまかしてくれそうだ。

「さて、パーティに戻ろうか？」

リビーはほつれたブロンドの髪に手をやった。自分自身の感情にまだひどく混乱していた。私は絶対にアンドリアスを愛してなどいない。「だめよ。こんな格好では——」

「君はすてきだよ」アンドリアスはリビーに近づき、両手で顔をはさんだ。そして、やさしくキスをしてリビーの髪に手を差し入れてから、彼女とともに芝生を横切りはじめた。

リビーは歩いている間ずっと下を向いていた。しかし、舞踏室の外のテラスに着いたところで、アンドリアスが彼女の顎に手を当てて自分の方を向かせた。

「顔に悪いことをしたと書いてあるよ」彼は楽しげにつぶやき、リビーの顔にかかった髪をうしろに撫《な》でつけた。「そんなに気になるなら、化粧室に行って身なりを整えてきたらどうだい？」

すっかり動揺していたリビーは、これで五分間は一人になって考えをまとめられると思ってほっとした。彼女はうなずいてアンドリアスから離れ、化粧室へ急いだ。

個室に入って鍵《かぎ》をかけると、リビーはドアにもたれてしっかりと目を閉じた。

私はアンドリアスを愛してなどいない。彼を愛せるはずがない。

あれはただのセックスだった。

確かにアンドリアスは私が今まで出会った中で一番セクシーな男性だ。だが、私は真剣な関係を築いてもいない男性とのセックスに興味はない。

とはいっても、私は今夜まで本当のセックスを知らなかった。リビーは目を開け、深呼吸をしながら皮肉っぽくそう思った。私は突然、自分の人生に欠けているものがなにかに気づいたのだ。

とはいっても、私はアンドリアスが自分と一時的な関係以上のものを望んでいると思うほど愚かではない。彼にとって私はただの気晴らしにすぎない。だが、私にとってはそうではない。

私は彼が好きだ。とても。

機会さえあれば、もっと好きになってしまうだろう。

二人の間に起きた出来事に激しく心をかき乱されたリビーは、もう一度あんな危険を冒すことはできないと思った。遅かれ早かれ、私はひどく傷つくだろう。あんなふうに親密に体を重ねてしまったら、感情的にも親密になってしまうに決まっている。だが、アンドリアスはそんなことを望んではいない。

それは私も同じだ。リビーはしっかりと自分に言い聞かせた。

だったら、なにもなかったふりをして先に進めばいい。そう、そのとおりだ。なにもなかったようにふるまうことが、一夜限りの情事のルールのはずだ。

リビーはうめいた。でも、私にはとても忘れられそうにない。おまけに、アンドリアスとは毎日仕事で顔を合わせなくてはならないのだ。

リビーは手で顔をこすり、考えた。いったい私はなににとりつかれてあんなばかなことをしでかしてしまったのだろう。

だが、なにが起きたのかはわかっていた。

私はアンドリアスの情熱と息をのむほどのセクシーさに魅せられ、二人の間の化学反応に圧倒されてしまったのだ。彼は私がこの世にただ一人の女性であるかのように思わせる驚くべき力を持っている。

そして、まるで私になにか特別な感情を抱いているかのように思わせる。

リビーは大きく息を吸いこみ、自分に言い聞かせた。

ロマンチックな夜のせいで、あなたは幻想を見ていたのよ。再び愚かなことをしでかしてしまう前に、早く自分のフラットに帰らなくては。

そう決心すると、リビーは化粧室を抜け出して階段を上がり、きっぱりとした足取りで歩きだした。だれにも見つからないことを祈って。

数分後、彼女はタクシーに乗りこんでほっとしていた。テラスでアンドリアスが待っているだろうという罪悪感はとりあえず忘れることにした。

最初は彼も少し悩むかもしれないが、たいして気にはしないだろう。彼にとっては、さっきの出来事は単なる一夜の情事でしかないのだから。

アンドリアスをなんとか手に入れようとしている女性はたくさんいる。私一人いなくなったからといって、なんの問題があるだろうか？

リビーは戻ってこなかった。

アンドリアスはリビーが逃げ出したと認め、重々しく息を吐き出した。

だが、この皮肉な状況も、僕にとって意味がないというわけではない。

大人になってからずっと、僕は女性たちからしつこく追いかけられてきた。彼女たちはみんな、僕が最終的に身を固めるときの相手になろうとした。

しかし、僕自身はまったくそんな気にならなかった。

今までは。

今夜池のほとりで起きたことが、アンドリアスはまだ信じられなかった。だが、リビーのなにかがあんな公共の場所で僕の自制心を失わせたのだ。リビーとは知り合ってまだ一カ月しかたっていないが、彼女こそ僕がこれからの一生をともにする女性だという信念はまったく揺るがない。

問題は、僕がついに恋に落ちた女性は夕日の向こうに消えてしまったということだ。

7

翌朝、出勤したリビーは仕事を始めるとほっとした。少なくとも、働いていればくよくよしている時間はない。おまけに今日は日曜日で、アンドリアスに会う可能性もまずない。

朝食の席ではアレックスと顔を合わせたが、彼は好奇心に満ちた視線を向けてきたものの、昨夜リビーが途中で姿を消したことについてはなにも尋ねなかった。

小児科病棟には、レイチェル・ミラーが検査のために再入院していた。レイチェルはベッドの中でぬいぐるみと遊びながらうれしそうに喉を鳴らしていた。

アリスンがリビーを見てほほえんだ。「もうすっかり元気なんですが、ドクター・クリスタコスがこの前できなかった検査をしておこうとおっしゃって」

リビーはうなずいた。「検査はすぐに終わるでしょう」彼女がベッドの上に身をかがめておかしな顔をしてみせると、レイチェルはくすくす笑って手を伸ばした。「レイチェルは本当にかわいいですね、アリスン。あなたは運がいいわ」

「ええ」アリスンは誇らしげにほほえんだ。「私たちはずっと子供が欲しかったのですが、なかなか授からなかったんです。今でも頬をつねってみることがあるくらいですわ」

リビーはせつなげに赤ん坊を見た。私も自分の子供が欲しくてたまらなくなることがあるが、その夢は決して実現しないのだと自分に言い聞かせている。

しかし、心のどこかでは、パートナーの支えがなくても子供を産んで前向きに育てている女性たちをうらやましく思っていた。今は女性が自分の人生について自分で決断を下せる時代だから、そういうケースはますます増えていくだろう。

だが、リビー自身はそうしたいとは思わなかった。

古い考えかもしれないが、子供は愛する人と分かち合うべき奇跡だと信じているからだ。

そんなことを考えてため息をつきながら、リビーは備品を取りに処置室へ行った。するとそこでアンドリアスとばったりでくわしてしまった。

顔からさっと血の気が引き、リビーは逃げ道をさがして周囲を見まわした。

「やあ、僕のことを覚えてるかい?」アンドリアスは出口をふさぐようにドアの前に立った。「せっかく一緒にパーティに行ったのに、君は途中で消えてしまった」

「化粧室に行ったのよ」

アンドリアスは眉をつりあげた。「一晩中化粧室にいたのかい？」

リビーは赤くなった。「その話はしたくないの」

「僕はしたいんだ」アンドリアスが楽しげに言ったので、リビーは彼をにらみつけた。

「あなたはここでなにをしているの？」

黒い瞳に嘲《あざけ》るような色が浮かんだ。「仕事だよ」

「でも、今日は日曜日よ」リビーは手をきつく握り締め、膝の震えをとめようとした。「あなたが日曜日に出勤しているとは思わなかったわ」

「僕を避けてるのかい、リビー？」

「いいえ」リビーはさりげなく肩をすくめた。「どうしてそう思うの？」

「ゆうべ君が姿を消したことと関係があると思ったからさ」

リビーは思わず目をそらしたが、ふいに自分のとった行動に罪悪感を覚え、不安げにアンドリアスを見た。「あなたの自尊心を傷つけたとしたら謝るわ」

アンドリアスは考えこむようにリビーを見た。

「僕の自尊心は爆弾を落とされても傷つかない。だが、僕は君がなぜ逃げたのか知りたいんだ」

あなたのせい、あなたへの思いのせいよ。

「逃げたわけじゃないわ」

「君は化粧室に行ったまま戻ってこなかった。僕は君が本当はシンデレラだったのかもしれないと思ってあちこちさがしたが、白い鼠《ねずみ》も、かぼちゃの馬車も見当たらなかったし、靴が片方だけ落ちていることもなかった。わかったのは、君が砂塵《さじん》を巻きあげて遠くへ消えてしまったということだけさ」

「私は逃げたんじゃないわ。ただ……」黒い瞳にじっと見つめられ、リビーは口ごもった。「とにかく、そういうことだから私は家に帰ったほうがいいと思ったのよ」

お伽噺《とぎばなし》のようなハッピーエンドを夢見てしまう

前に。リビーはひそかにつぶやいた。

「そういうこと?」アンドリアスは片方の眉をつりあげた。「それはどういう意味だい?」

リビーはさりげないふうを装ってほつれた髪を耳のうしろにかけた。「私たちは確かにセックスをしたけど、それはたいしたことではないわ」

「たいしたことではない?」アンドリアスはゆっくりとリビーの言葉を繰り返した。「だとしたら、君はなぜ逃げたんだい?」

「ねえ……」リビーは一瞬目を閉じ、アンドリアスがこんなに鋭くなければいいのにと思った。「あれは一夜限りの情事でしょう」

アンドリアスは考えこむようにリビーを見た。

「かわいそうに、君は怖がっているんだね?」

「怖がっている? 私がなにを怖がっているというの?」

アンドリアスは肩をすくめた。「当ててみせよう。君はだれかを信じるのが怖いんだ。それに、ゆうべ僕たちの分かち合った経験も。だからパニックに陥り、僕と顔を合わせられなかった」

「違うわ」リビーは死にもの狂いで反論した。「あれは一夜限りの情事、単なるセックスじゃないの」

「単なるセックスか」アンドリアスはリビーの言葉を繰り返し、ふいに真剣な顔になって尋ねた。「君はピルをのんでいるかい、リビー?」

リビーはアンドリアスをじっと見つめ、それから首を横に振った。

「そうだろうな」彼の声は信じられないほどやさしげだった。「ゆうべ僕たちの間に起きたことが〝単なるセックス〟だったというなら、どうして二人とも避妊について考えなかったんだろう?」

リビーは青ざめ、一歩あとずさった。

避妊のことなどまったく頭に浮かばなかった。アンドリアスと体を重ねる前にも、あとにも。

そして、彼のほうも明らかにそうだったらしい。

「二人とも避妊を考えなかったのは」アンドリアスの英語に急にギリシア語訛《なまり》が強くなった。「あれは〝単なるセックス〟ではなかったからだ。それ以上の経験だったことくらい、二人ともよくわかってるじゃないか」

リビーはまだ呆然《ぼうぜん》とアンドリアスを見つめていた。

なぜ私は避妊のことを考えなかったのだろう？

なぜなら、あのときの私は現実的な問題など考えられる状態ではなかったからだ。

そして今、私は妊娠しているかもしれない。

リビーが無意識に腹部に手を当てると、アンドリアスが目を細めた。

「君を守れなくてすまなかった」彼は穏やかに言い、両手でリビーの顔を包みこんで自分と目を合わせた。「言い訳などできないが、あんなふうに自制心を失ったのは生まれて初めてだったんだ」

それで、アンドリアスはなにを言おうとしているのだろう？　私が特別だと言いたいのだろうか？

私はほかの女性とは違うと？

いいえ、そんなはずはない！

「私にも責任はあるわ」リビーはついに言ったが、昨夜なにが起きたのか、まだきちんと理解できなかった。私は完全に自制心を失っていたが、そんな経験は今まで一度もない。ましてや、相手の着ているものを引きちぎり、すぐそばにおおぜいの人がいる池のほとりで男性と体を重ねるなんて考えられないことだ。

アンドリアスはやさしげな口調で言った。「君がどうしたいか教えてくれ」

どうしたいか、ですって？

リビーは無言でアンドリアスを見つめた。彼の顔には緊張の色が浮かんでいた。

「翌朝用のピルをのむかい？　だったら処方箋《せん》を書

くよ」

アンドリアスはなんとか問題を片づけたいのだ。妊娠の可能性を指摘されたショックは大きかったが、リビーは彼の思惑を気にしないように努め、首を横に振った。

「自分で……なんとかするわ」リビーは曖昧《あいまい》につぶやいた。

アンドリアスはかすかに顔をしかめた。「リビー」

「翌朝用のピルはいらないわ」リビーはにべもなく言った。「それが正しいこととは思えないの」

ふいに迷いが晴れ、頭がすっきりした。

リビーにはもう迷いはなかった。

もし妊娠していたら、赤ちゃんを産もう。

「パニックを起こさなくていいわ」リビーはアンドリアスから目をそらしてつぶやいた。「あなたに責任をとってほしいなんて思ってないから」

アンドリアスは眉をひそめた。「責任だって？　リビー、僕は――」

そのときドアが開き、看護婦の一人が顔を出した。

「ドクター・クリスタコス、救急医療室からお電話が入っています。緊急だそうです」

アンドリアスは歯噛《はが》みしながら部屋を出ていった。

リビーは彼のうしろ姿を見つめていたが、数分後に彼が戻ってきたときもまだ宙を見つめていた。

「電話は君のお義兄《にい》さんからだった」アンドリアスは口元を引き結んで言った。「ひどい火事があって子供二人が巻きこまれたらしい。今、救急車がこちらに向かっているが、救急医療室はすでに手いっぱいだから人手を借りたいと言うんだ」

リビーはなんとか落ち着きを取り戻した。「もちろんよ。ベヴに話してくるわ」

リビーは急いでベヴを見つけて事情を説明し、廊下でアンドリアスと落ち合って一緒に救急医療室に向かった。彼はもうさっきの話題は持ち出さなかったが、リビーはずっと彼の視線を感じていた。

　救急医療室はひどい混乱状態だった。待合室には人があふれ、案内板には五時間待ちのサインが点滅している。

「もっと長くかかると思うわ」二人の視線の先を追い、ケイティが早口で言った。「大変な一日になりそうよ。手伝いに来てくれてありがとう。子供たちのことはまかせるわね」

　アンドリアスは短くうなずいてから尋ねた。「いったいなにがあったんだい？」

「バスが橋の上で横転したの」ケイティが疲れきった顔で説明した。「それだけでも大騒ぎなのに、そこへ火事の連絡が入ったのよ。ひどい火事で、母親が子供を抱いて窓から飛びおりたんですって。子供は無事だったけど、母親は両方の大腿骨《だいたい》を骨折しているというから重症ね。父親はもう一人の子供を助けに家の中に戻ったらしいわ」

　そのときサイレンの音が聞こえ、数台の救急車が専用の入口に入ってきた。

　どこからかジェイゴが姿を現し、指揮をとりはじめた。救急隊員とすばやく言葉を交わし、救急車の後部で患者の優先順位を決めて戻ってくると、彼は厳しい表情で言った。「ケイティ、母親と父親はすぐに緊急処置室へ運び、整形外科の手術医を至急呼び出してくれ。アンドリアス、子供たちは病棟に運ばせるかい？　それともここで診るかい？」

「まずはここで診よう」アンドリアスは前に進み出て、もう一人の救急隊員に声をかけた。「話を聞かせてもらえるかい？」

「赤ん坊は無傷のようです。母親は寝室から飛びおりたときの衝撃をまともに受けていますが、赤ん坊は母親がしっかり抱いていたので助かったと思われます。四歳の子のほうは、パジャマに火がついて両脚にひどい火傷《やけど》を負っています。現場で酸素吸入をおこない、傷はガーゼでおおってあります」

「わかった。二人とも子供用の緊急処置室へ運んでくれ」アンドリアスの指示を聞き、リビーは先頭に立って子供用の処置室に向かった。

救急隊員が赤ん坊を腕に抱いたまま、泣きわめく四歳の女の子をストレッチャーに乗せた。

救急医療室の看護婦シャーロットが急いで近づいてきた。「四歳の子を診ている間、私が赤ちゃんを抱いているわ」

アンドリアスはすでに女の子にやさしく話しかけながら、火傷の程度を見きわめようとしていた。

「すぐに体重をはかれるかい？　火傷の面積を割り出し、鎮痛剤を投与したいんだ」リビーはすぐにその指示に従った。「管を注入し、そのあとでモルヒネを打とう」

アンドリアスが火傷の面積の割合を計算している間に、リビーは必要な器具を揃《そろ》えた。

「皮膚面積の約十パーセントの皮膚が火傷を負っているな。だが、ほとんどの部分は表面的な火傷だ」彼は少女の脚を調べてつぶやいた。「ここは水泡が破れて水が出ている。痛そうだ」

「痛みを感じるのはいいことだわ」リビーは言った。

「そのとおりだ。神経の末端に損傷がない証拠だからね。胸も調べたが、煙を吸いこんだ形跡はなかった。心配なのは水分の消失だ」

リビーはうなずいた。「かわいそうに。入院させるんでしょう？　あとでベヴに話して、予備の病室を使えないかきいてみるわ。メラニー・パーカーはもう病棟に移せるでしょうから」

アンドリアスも同意した。「そうだな、メラニーにとってもほかの子供たちと一緒のほうがいいだろう。それで、この子の名前は？」

リビーは救急隊員が置いていったメモを調べた。

「ジェニーよ」

「よし、ジェニー……」アンドリアスは患部に触れないように注意しつつ、できるだけ少女に近づいた。少女は相変わらずヒステリックに泣きわめいている。

「もうすぐ痛くなくなるからね」

ジェニーは母親に会いたくて泣いているのだ。リビーとアンドリアスは心配そうに視線を交わした。

「処置を始めよう」アンドリアスがつぶやき、リビーはため息をついた。こんなに悲しんでいる子供を見るのはひどくつらい。

リビーは思わず椅子を引き寄せ、子供を滅菌したタオルでくるんで自分の膝の上に抱きあげた。

「さあ、ジェニー、いい子ね。ママはすぐに来るわよ」

アンドリアスが静脈をさがしている間ずっと、リビーは少女に話しかけていた。彼は少女の肌を軽くたたいたりつまんだりしていたが、やがて言った。

「このあたりがよさそうだ」

シャーロットが前に進み出た。「私が圧迫しているわ」彼女が両手で少女の細い手首を押さえている間に、アンドリアスはいともたやすくカニューレを静脈に入れた。

リビーは安堵《あんど》のため息をもらし、シャーロットは称賛の口笛を吹いた。

「すばらしかったわね」シャーロットは明るい声で言ってカニューレをテープで固定し、点滴液の入った袋につないだ。「モルヒネの準備ができたわ」

アンドリアスは渡された注射器を慎重にチェックしたあと、ゆっくりと点滴の管に注入した。

「まずはこれでいいだろう。十分たっても効果が出ないようだったら、また追加する」

ジェニーはリビーにしがみついて震えながらすすり泣いていたが、薬が効いてくると彼女の腕にどさりともたれた。

「よし、次は火傷の広がりを調べて薬を塗ろう。それがすんだら、尿の量を測るためのカテーテルを入れる」

二人がすばやく作業している間、ジェニーはリビーにしがみついていた。明らかに彼女を母親がわりと思っているらしい。

可能な処置をすべてほどこし、アンドリアスはやっと満足したようだった。「水分の循環に目を光らせておく必要がある。体重一キログラム当たり、一時間に一ミリグラムの排出があればいいんだが」リビーはうなずき、シャーロットとともに子供を体重計にのせ、結果を記録した。「よし、病棟に連れていってベッドに寝かせてあげよう。さて、赤ん坊のほうはどうかな？」

「元気なようよ」リビーがジェニーの面倒をみている間、赤ん坊は救急医療室の看護婦がベビーベッドに寝かせていた。

「ここで診る？　それとも病棟で？」

「ここで診よう」

リビーはジェニーを膝の上にのせたまま、アンドリアスが赤ん坊の体を隈《くま》なく調べるのを見ていた。彼は最後におなかに勢いよく息を吹きかけ、赤ん坊を笑わせた。

「高いところから落ちたというのに、どこも悪いところはなさそうだ」アンドリアスはとてもリラックスしたようすで赤ん坊を抱きあげた。

リビーはそんな彼から目が離せなかった。彼は本当に子供の扱いがうまい。

彼自身に子供がいないのが不思議なくらいだ。

だが、それは一人の女性と落ち着くことを意味するから、アンドリアスの人生にはそぐわないのだろう。

それに、彼は父親になりたいとも思っていない。なにしろ翌朝用のピルを勧めるくらいだから。

リビーはそんな考えを押しやり、立ちあがった。

脚に包帯を巻くには、ジェニーをストレッチャーに寝かせなくてはならない。だが、少女はリビーにしがみついてべそをかきはじめた。

「私が包帯を巻くわ」シャーロットが即座に言った。「この子はあなたになついているし、また癇癪《かんしやく》を起こされたら大変だもの。膝の上で抱いていてくれる？」シャーロットは傷の手当てに慣れた看護婦の本領を発揮し、手際よく包帯を巻いた。

「病棟に運ぼう」アンドリアスが静かに言った。「かわいそうに、この子はさまざまなトラウマを背負いこんでしまったな」

リビーはうなずいた。「じゃあ、階上《うえ》に連れていくわ」

「僕は両親のようすを見てから、赤ん坊を連れていくよ」

小児科病棟では、ベヴが病室の準備を整えて待っていた。「まあ、かわいそうに……両親はどんな具合？」

リビーは首を横に振った。「まだわからないの。今、アンドリアスがようすを見に行ったわ」

ベヴはため息をつき、椅子を引き寄せてリビーを座らせた。「今日はこの子にかかりきりでしょうから、あなたの患者はほかの人に頼むわね」

「ありがとう、ベヴ」リビーはジェニーを抱き寄せた。「赤ちゃんのほうはどうするの？」

「レイチェルの部屋に予備のベビーベッドを置いたわ」ベヴが点滴の袋をスタンドにかけながら答えた。「とりあえずはそこに入れましょう」

「そうね」

リビーはジェニーに頬を寄せ、少女が寝入るまで静かに声をかけつづけた。

「眠ってくれてよかった」戸口から声がしたので目を上げると、アンドリアスがドア枠に寄りかかっていた。ハンサムな顔には謎《なぞ》めいた表情が浮かんでいる。「膝に子供をのせた君はとても美しく見えるよ、リビー」

リビーは顔を赤らめた。「ジェニーの両親はどうだった？」

アンドリアスは顔をしかめた。「よくないな。母親は手術の最中だ。両方の大腿骨を骨折しているから、当分は入院することになるだろう」

「気の毒ね。火傷もしているの？」

「いや、火傷はしていない」アンドリアスは首を横に振った。「赤ん坊のほうはどうだい？」

「大丈夫だと思うわ」リビーは自分の胸に頬をすり寄せているジェニーを起こさないよう、小声で言った。「ベヴがレイチェルの部屋にベビーベッドを用意して、そこに寝かせたの。だれか面倒をみてくれる家族がいるか調べなくてはならないわね。父親のほうはどう？」

「煙を吸いこんでいるし、ジェニーのパジャマを脱がせたときに負った手の火傷がかなりひどい」アンドリアスは黒い髪をかきあげた。「しばらくは自分で子供の面倒をみるのは無理だろう」

リビーはため息をついた。「ほかの家族には連絡がつかないの？」

「今、警察が調べている」アンドリアスはそう答えてから、ジェニーをじっと見つめた。「かわいそうに、疲れきっているみたいだ」

「あれだけ泣いたんだもの」リビーはつぶやき、小さな額にそっとキスをした。「癇癪を起こすのも無理ないわ。どこかが痛いときにそばにいてほしいのはママだけなのに、そのママがいないんですもの」

アンドリアスは視線を上げた。「だが、この子はすっかり君を頼りにしている。君は特別な才能の持ち主だよ、リビー。子供たちはみんな君が大好きになる」

鼓動が速くなり、リビーはふいに息苦しくなった。

「大人より子供のほうがいいわ」彼女は明るく言い、アンドリアスから目をそらした。「子供は裏切らないもの」

「たいていの大人だって裏切らない」アンドリアスは静かに応じた。「君はついていなかっただけさ。話の続きをしよう、リビー」

彼がなにを話したいのかはわかっていたが、リビーは翌朝用のピルをのむ気はなかった。

「大丈夫よ、アンドリアス」リビーは穏やかに言い、視線を上げてアンドリアスと目を合わせた。「あなたに心配してもらう問題じゃないわ」

アンドリアスは顔をしかめた。「君が妊娠していたら、それは僕の問題でもある」

こんな親密な話題について話しているのがふいに恥ずかしくなり、リビーは頬を染めた。アンドリアスに会ってからというもの、私の分別はどこへいってしまったのだろう？　この前はだれに見られてもおかしくない戸外で彼と体を重ねてしまったし、今はあわただしい病棟で妊娠の可能性について話しているなんて。

「私は現代的な女性なの」リビーは明るく言い、彼から目をそらした。「もし妊娠していたとしても、あなたにお金を請求したりしないから安心して」

アンドリアスの瞳が不吉に陰った。「あいにく、僕は現代的な男じゃないんだ」彼は冷たく言った。「僕はギリシア人で、ギリシア人はこういうことにかけては古い考え方の持ち主として有名だ。もし君が妊娠していたら、君は僕からお金以上のものを受け取ることになるだろう」

アンドリアスはリビーに答える隙《すき》を与えずに立ち去った。彼女はそのうしろ姿をただじっと見つめていた。

8

その日の勤務が終わるまで、リビーはなんとかアンドリアスを避けてジェニーのそばで過ごした。

夜勤の看護婦が出勤してきたときもまだ彼女は病室でジェニーを抱き、やさしく話しかけていた。慣れない環境にいるジェニーをなんとか安心させてやりたかった。

ジェニーの母親はまだ手術中で、父親は煙の吸入の治療を受けている。

「近所の人の話では、おばさんが近くに住んでいるらしいの」ベヴが言った。「でも、だれも連絡先を知らないというから、両親の回復を待ってきくしかないわね。とりあえず赤ん坊はここに泊まらせましょう。アンドリアスも、飛びおりたときの衝撃の度合いを考えたらしばらく注意が必要だと思っているようだから」

「無事だったのが信じられないくらいよ」眠りかけているジェニーを起こさないよう、リビーは小声で言った。

「母親が衝撃をうまく吸収してくれたのね」ベヴはそう言ってから、幼い少女を見つめた。「穏やかな顔をしているわ。明日にはなんとかして両親に会わせてあげたいわね」それからベヴはリビーに視線を移し、目を細めた。「あなたは疲れてるみたいね。今日は休めばよかったのに。昨日は何時にベッドに入ったの？」

そんなに遅かったわけではない。アンドリアスのことを考えていて、ほとんど眠れなかっただけだ。

「私は大丈夫よ」

「いいえ、あなたには休養が必要だわ。有給休暇が何日か残っていたはずだから、休みをとりなさい」

「忙しくて私に休暇をとらせる余裕なんてないはずよ、ベヴ」

ベヴは肩をすくめた。「あなたは疲れきって見えるわ。最近はずっと十六時間勤務が続いているでしょう？　紹介所に電話をして、再来週からもう一人よこしてもらうことにするわ」

リビーは顔をしかめた。「休暇だなんて……」

「ええ、休暇よ」ベヴはきっぱりと言った。「五日間休んで、どこかへ行ってきなさい」

リビーはぼんやりとベヴを見つめた。私はどこにも行きたくなんかない。仕事がないなら、ただベッドにもぐって永遠に眠りつづけたいだけだ。

「考えてみるわ」数日間、なにもせずに家でのんびりするのも悪くないかもしれないと思いつつ、リビーは曖昧《あいまい》に言った。「あなたが本気なら」

「もちろん本気よ」ベヴがきっぱりと言ったところへアンドリアスが入ってきたので、休暇の話は中断した。

リビーは彼を見て胃が引きつりそうになった。彼は息をのむほどハンサムで、ついばかげたことを考えてしまう。

万が一私が妊娠していたら、彼が私と結婚すると言い張るのではないかと。

ばかばかしい！

休暇は確かにいいアイデアだ。そうすればアンドリアスと距離をおいていられる。それこそが今の私に最も必要なことだ。

リビーは自分のベッドを恋しく思いながら、バッグを持って病棟を出た。

今夜はなんとか眠れるといいのだが。

昨夜はどうしてもアンドリアスのことが頭を離れず、暗闇《くらやみ》の中に横たわったまま、池のほとりでの信じられない出来事を思い出していた。記憶はひどく鮮明で、実際に湿った芝生のにおいが鼻腔《びこう》に広がり、夜の冷気を肌に感じたような気さえした。ほてった頬を手でこすりながら、リビーは大声で叫びたかった。単なるセックスじゃないの。セックスくらい、以前だって経験があるわ。

だが、アンドリアスと体を重ねるのはそれとはまったく違う体験だった。

　これからはなんとしてもアンドリアスを避けなくてはならない。そして、彼を避けるために休暇をとる以上にいい方法があるだろうか？

　アンドリアスは広げたカルテに視線を落としていたが、目はなにも見ていなかった。リビーが勤務時間のほとんどをジェニーの病室で過ごすようになって、今日で三日になる。幼い子供になつかれて離れられないのだろうが、彼女が僕との会話を必死に避けているのも確かで、その理由もわかっている。

　リビーと僕の間に起きた化学反応はあまりにも強烈で、おかげで僕まで平静さを失っている。僕は今まで女性に関してこんな気持ちになったことはないし、きっとリビーもそうだろう。

　むずかしいのは、彼女にそれを認めさせることだ。

　リビーは傷つくのを恐れている。そして、男を信用するなんて不可能だと思いこんでいる。

だとしたら、僕は信用できる男だと証明すればいいのだが、彼女と一緒に過ごせないのではどうしようもない。

　アンドリアスは椅子の背に寄りかかって長い脚を投げ出し、眉を寄せて考えこんだ。

　そして、ふとデートのことを思い出した。

　リビーにはまだデートの貸しがある。

　偶然耳にした彼女とベヴの会話を思い出し、アンドリアスの顔にゆっくりと笑みが広がった。

一週間後、ジェニーは急速に回復し、母親役を買って出たポーリーとともに、多くの時間をプレイルームで過ごすようになっていた。

ジェニーの両親はまだ入院しているが、赤ん坊は近所に住むおばのところへ引き取られた。

小児科病棟の忙しさも峠を越え、ベヴも新しい看護婦を派遣してもらうことを決めたが、リビーはすでに疲れきっていた。

アンドリアスを避けるために神経をすり減らしているうえ、パーティの夜の出来事のせいで眠れない日が続いていたからだ。

リビーが勤務時間が終わるのを待ちきれない思いでなんとか仕事をしていると、昼前にベヴがやってきて言った。

「疲れ果てて見えるわよ。もう帰りなさい」

「だめよ。まだ勤務時間だもの」

ベヴはやさしくリビーの体を押した。「いいから帰りなさい。一週間以内に戻ってきたらくびにするわよ」

リビーは弱々しくほほえんだ。「くびになんてできっこないわ。私はあなたの忠実な僕《しもべ》だもの」

ベヴは笑わなかった。「今のあなたには輝きも生気もないわ、リブ。働きすぎよ。とにかくゆっくりしなさい」

リビーはなにも言わなかった。疲れているのは確かだが、輝きも生気も失ったのはアンドリアスに失望したからだ。彼は私に惹《ひ》かれているのではないかと心の底で思っていたのだが、やはりそれは間違いだったらしい。

パーティの夜以来、その翌朝の会話を別にすれば、彼は一度も私と顔を合わせようとしない。

私の姿が見えないことにさえ気づいていないのかもしれない。リビーはロッカーからバッグを取り出し、みじめな気分で駐車場に向かった。

そのとき、車体の低い黒のスポーツカーがリビーの隣でとまり、彼女は思わず息をのんだ。

アンドリアスだ。

彼は体を伸ばして助手席のドアを開け、真剣な面持ちで言った。「乗ってくれ、リビー」

リビーはぼんやりと彼を見つめた。「なぜ？　どこに行くつもり？」

「いいから乗ってくれ」

さしせまった口調に反抗することもできず、リビーは助手席に乗りこんだ。そして、警戒するようにアンドリアスの顔を見たが、彼はリビーがシートベルトもつけないうちに車を発進させた。

「どうしたの？　なにか問題が起きたの？」リビーはふいに背筋がぞくりとした。「ケイティ？　それともアレックスになにかあったの？」

「悪いことなんてなにも起きていないよ」

「だったらなぜ私を乗せたの？」リビーは混乱してアンドリアスを見つめた。「いったいどんな急用なの？」

アンドリアスはダッシュボードの時計をちらりと見て、ギリシア語でなにかつぶやいた。「遅れそうだ」

「遅れるって、なにに？」

だが、彼は答えなかった。前方の道路だけを見つめ、制限速度ぎりぎりまでスピードを上げ、車はついに郊外へと続く高速道路に入った。

「いったいどこへ行くの、アンドリアス？」

アンドリアスは横目でちらりとリビーを見た。

「君と出かけることになっていたデートさ」

デートですって？

彼は方向指示器を出し、空港へ続く出口を下りた。

「なんのデートなの？　どうして空港に行くの？」

アンドリアスはターミナルビルの前に車をとめ、体の向きを変えてリビーの方を見た。

「リビー、君にはまだデートの貸しがある」彼はやさしく言い、片手をリビーの顔に当てた。「僕は今からその約束を果たしてもらうつもりだ。君は一週間休暇をとった。その休暇を一緒に過ごそう」

リビーが口を開いたときには、アンドリアスはすでに車を降りていた。彼は制服姿の男性にキーを渡し、トランクからスーツケースを二つ取り出した。

あれは私のスーツケースだわ。

リビーは車から飛びおり、彼が制服姿の男性に金を払ってからポーターを呼ぶのを待った。

「あなたが私の荷物を詰めたの？」リビーが信じられないと言いたげな視線を向けると、アンドリアスは肩をすくめた。

「そうじゃない。ちょっと手伝ってもらったのさ。ケイティが、君からスーツケース一つ分の服を借りていると言っていたから」

リビーはうめき声をもらした。「確かに姉がジェイゴと外国に行ったとき、私はスーツケースの中身を黙って入れ替えたわ。ケイティはとても保守的な服ばかり着て、せっかくのスタイルのよさを隠してしまうから、アレックスと相談してまったく別の服に替えておいたの。姉はスペインに着いて荷物をほどくまで気づかなかったそうよ」

アンドリアスは声をあげて笑った。「そうか。だが、企《たくら》み事をするのは君だけではないようだな。さあ、急がないと飛行機に乗り遅れてしまう」

リビーは乾いた唇を舌で湿らせた。「アンドリアス、あなたとは行けないわ」

「どうして？」

リビーが反論しようと口を開きかけたときには、アンドリアスはもうターミナルに向かって歩きはじめていた。彼女は走って追いつくしかなかった。

「いいわ、そんなにデートしたいならしてあげるわよ。でも、こんなことはばかげてるわ」リビーは半分走りながら言った。

「なぜばかげているんだい？」アンドリアスはリビーに笑顔を向けてから、チェックインカウンターに向かった。「僕の考えるデートはピザを食べに行くことではないと、前にも言ったはずだ。これから僕たちはしばらく一緒に過ごす。君はもう僕を避けるわけにはいかない。僕たちが共有しているものを避けるわけにはいかないよ」

　リビーはアンドリアスが二人分のパスポートを出し、チェックインするのを見ながら、反論の機会も与えてもらえないことに腹を立てていた。

「私たちが共有しているものなんてなにもないわ」リビーは低い声で言ったが、カウンターの向こうの女性が好奇の目で見ているのに気づいてかすかに顔を赤らめた。「私たちはただ――」

「単なるセックスをしただけだと言いたいのか？」アンドリアスが途中でさえぎった。「警告しておくが、今度同じことを言ったら、一番近い柱の陰に引っぱっていって、君が間違っていることを証明してみせるぞ。僕たちは二人とも、あれが単なるセックスなんかではなかったと知っている。だから心にもない言葉を口にするのはやめるんだ、リビー」

　アンドリアスはジャケットのポケットにパスポートをしまい、国際線の出発ロビーに向かって歩きだした。

「少なくとも、行き先くらいは教えてちょうだい」

　アンドリアスは笑顔で振り向いた。「ギリシアだよ、いとしい人《アガペ・ム》。僕の家に君を連れていくんだ」

「でも、どこに泊まるの？　いったいどういうつもりで――」

「心配しなくていい」アンドリアスはリビーの唇に指を当て、彼女の言葉をさえぎった。「君はなにも決められない。決めるのは僕だ。これは僕のデートだからね、リビー」

アンドリアスはそう言うと身をかがめ、リビーにやさしくキスをした。

リビーはアンドリアスをにらみつけた。「これはデートじゃなくて誘拐だわ。大声を出すわよ」

アンドリアスがにっこり笑った。「もし大声を出したら、みんなが見ている前で君が気を失うほど激しいキスをするぞ」

もう一度キスだなんてとんでもないと、リビーは思った。彼にキスされたら体は燃えるように熱くなり、頭はいっさいの論理的思考をやめてしまう。

リビーはため息をつき、うんざりしたふりをした。「一週間は長いわよ、アンドリアス。私と一緒では楽しめないとわかったらどうする気なの？」

アンドリアスは笑った。「僕たちがお互いに夢中なのはわかっているはずだ、リビー。君はそれを認めるのを怖がっているだけさ」

リビーはごくりと唾《つば》をのみこんだ。「じゃあ、一週間あれば私がそれを認めると思ってるの？ ギリシア人の男性はみんなあなたのように傲慢《ごうまん》なのかしら？」

アンドリアスはうなずき、やさしくリビーの背中を押して飛行機に乗りこんだ。「僕たちはまさしく傲慢な差別主義者だよ。さあ、おとなしく座ってくれ。少し眠ったほうがいい。君は疲れているんだ」

「それはだれのせいかしら？」リビーは暗い声でつぶやいてシートベルトを締め、しっかりと目を閉じた。眠れるはずもなかったが、目をつぶっていれば、あの黒い瞳とセクシーな口元を見なくてすむ。彼に抵抗するには少し休んでおいたほうがいいだろう。

そう、私はアンドリアスに抵抗するつもりだ。

だからなにも問題はない。

アンドリアスはスチュワーデスの勧めるコーヒーのおかわりを断った。離陸から三時間半、リビーはずっと眠っている。

だいぶ疲れているようだ。

頬は青く、伏せたまつげの下には黒い隈《くま》ができている。向こうに着いたら十分休ませてやらなくては。

それにしても、ここまでうまくいくとは思ってもみなかった。仕事帰りにいきなりつかまえれば断る口実を思いつく暇もないだろうと思ったのだが、それが見事に的中したのだ。もちろん、ケイティとベヴのおおいなる協力を忘れてはならないが。

これからリビーと二人きりの一週間が始まる。一週間で、僕たちがお互いに運命の相手であることを彼女に納得させるのだ。

リビーは温かいぬくもりと安心感にひたりながら目を覚ましたが、自分が寄り添っているのがアンドリアスだと気づき、顔を赤らめて急いで体を起こした。

アンドリアスはなにも言わなかったが、かわりに肩を少し動かして窓の方に手を伸ばした。

「見てごらん」彼はやさしく言った。「きれいだろう？」

まだ頭がぼんやりしていたリビーだったが、小さな窓から外を見て喜びの声をもらした。

眼下には完璧《かんぺき》なブルーの海が広がっていた。光を受けて輝くそのさまは、両手いっぱいのダイヤモンドをばらまいたかのようだ。やっと形が判別できるくらいの船と、砂浜の入り江を持つ小さな島々も見える。

「美しいわね」

「これがギリシアだ」アンドリアスは満足げにほほえみ、座席にもたれた。「まだ君を誘拐したことを怒っているかい？」

リビーは海から目を離せなかった。すぐにでも飛びこみ、疲れた体を冷たい水で癒《いや》したい。「人質にされたのだから、もっとひどい場所に連れていかれるんだと思ってたわ」

「君を人質にしているのは、人を信じられない君自身さ」アンドリアスは穏やかに答えた。「眠れてよかった。旅はまだこれからだからね」

アンドリアスと一週間を過ごすのはひどく不安なはずなのに、リビーはふいに興奮を覚えた。なぜ休暇を楽しんではいけないのだろう？

「正確にはどこに行くの？」

「クレタだ。僕の故郷さ」

飛行機を降りると車が待っていた。リビーは過ぎていく景色を畏敬《いけい》の念を覚えながら眺めていた。

「きれいね。あなたはどうしてこんな美しい国を離れる気になれたの？」

アンドリアスはほほえんだ。「イギリスとアメリカの健康管理に魅力を感じてね」

「どうかしてるわ。私なら絶対にここを離れないわね」リビーは大きくあくびをして座席にもたれた。「泊まるのはあなたの家？」

「ああ。家族は留守にしているがね。母はいとこに子供が生まれたのでそちらへ行っているし、伯父はほとんどアテネで過ごしているんだ」

リビーはアンドリアスに警戒するような視線を向けた。つまり、私たちは二人きりというわけね？

鼓動がかすかに不規則になったが、リビーがさらに質問をする前に車は海岸へ続く道に入った。

リビーは興味深げに首を伸ばした。こんなところに家があるのだろうか？

やがて車が角を曲がると、彼女は息をのんだ。美しい入り江の端に白漆喰《しっくい》の塗られた美しい家が立ち、そこから砂浜が三日月形に伸びていた。

今まで見たことがないのどかな風景を目にし、リビーは思わずアンドリアスの方を見た。

「ここがあなたの家？」

「僕はここで育った」アンドリアスは運転手に向かってうなずき、車のトランクからスーツケースを下ろした。「だが、アテネでもかなりの時間を過ごしたんだ。アテネで仕事をしていた父は家族を残しておくのを嫌ったから、向こうにも家があったのさ」

「幸運ね」リビーがうらやましそうに言うと、アンドリアスが鋭い目を向けた。

「君のお父さんは留守がちだったのかい？」

リビーは体をこわばらせた。「ええ。でも、みんなそれを喜んでいたわ。父がいるとろくなことがなかったから」

アンドリアスに呼び起こされた過去の記憶から逃れたくて、リビーは靴を脱いで砂浜へ駆け出した。足の指先に砂のぬくもりを感じ、彼女はうれしそうにため息をついた。

「君は子供みたいだな、エリザベス」アンドリアスが背後で笑った。

「それはどうかしら」リビーは肩をすくめ、静かに言った。「でも、あなたがここで育ったのがものすごく幸運だったのは確かね」

両親のことを話すアンドリアスの声には愛情がこもっている。だが、私の両親は喧嘩《けんか》ばかりしていて、子供たちに親として愛情をそそいではくれなかった。

もし私が彼の家庭に育っていたら、今とは違う私になっていただろうか？

もっと簡単に人を信じることができただろうか？

「確かに僕は幸運だった」アンドリアスも同意した。「僕はずっと愛する家族に守られて成長した。だから簡単に人を信じられるのだと思う。君とは違ってね。確かに君のまわりには信頼できない男が多かったのかもしれないが、もうそろそろ世の中はそんな男たちばかりではないと気づいてもいいころだ」

リビーは皮肉っぽくほほえみ、裸足《はだし》で砂を蹴《け》った。

「それで……」彼女は顔を上げ、明るい笑みを浮かべた。「あなたの家は見せてもらえるの？」

アンドリアスはリビーの顔にやさしく触れた。「君はいやなものはなんとしても避けようとするんだね。自分で気づいているかい？」

リビーは無頓着《むとんちゃく》に肩をすくめた。「過ぎたことについてあれこれ言っても意味がないわ」

「それが未来に影響を与えているなら話は別だ」アンドリアスは静かに言い、リビーの手を取った。「だが、続きはあとにして家に入ろう」

アンドリアスについて屋敷に入ったリビーは、内装を見てうっとりした。家の中は白と涼しげなブルーで整えられ、全体として海の続きのような印象を受ける。

「疲れているだろうから、まずは寝室へ案内するよ」

リビーは注意深くアンドリアスを見て、口を開きかけた。「アンドリアス――」

「まずは眠るんだ、リビー」彼はやさしく言った。「話はそのあとにしよう」

リビーは急に疲れを感じてアンドリアスのあとから寝室に入っていったが、贅沢《ぜいたく》なバスルームを見てうれしそうにほほえんだ。

「あなたが私をここに連れてきたのがまだ信じられないわ。本当なら喧嘩をするべきなんでしょうね」リビーはつぶやき、手を伸ばして蛇口をひねった。「でも、正直言って今はくたくたなの」

「それは助かった」アンドリアスは苦笑しながらリビーのスーツケースを床に置いた。「じゃあ、僕は行くよ。なにかあったら向かい側の部屋にいる」

リビーは体をこわばらせた。「なにもないと思うわ」

アンドリアスが笑みを広げたのを見て、リビーはこの家には本当に自分たち二人だけしかいないらしいと思い、不安になった。

だが、アンドリアスはその状況を利用するつもりはないようだった。かわりに彼はリビーの頬を指でそっとはじき、振り返りもせずに部屋を出ていった。

二日後、私はもうこの島を出る気になれないのではないかとリビーは思っていた。

彼女は一日のほとんどを涼しい海の中か、砂浜を見渡せる藍《あい》色の水をたたえたプールで過ごした。泳いでいないときは眠っていたし、目が覚めると山ほどの食べ物が待っていた。グリーク・サラダ、ディップ、まるいオリーブの実や地元の名物料理。どれも思わず喉が鳴ってしまうような食べ物ばかりだ。

アンドリアスの話では、隣村に住む親戚《しんせき》がこの家の面倒をみてくれていて、毎日おいしい食べ物を運んできてくれるのだという。

「私を太らせる気ね」すばらしいランチのあと、リビーは椅子の背に寄りかかってうめいた。

「君がたくさん食べるのを見るのは気分がいい。パーティの夜はほとんど食べていなかったからね」

パーティの話題になると、リビーの頬はたちまち赤くなった。彼女はこらえきれずアンドリアスをちらりと見て、すぐに後悔した。黒い瞳に見つめられ、下腹部のあたりがかっと熱くなるのを感じたからだ。

自分の反応の激しさが恐ろしくなり、リビーはいきなり立ちあがった。「暑いわね。プールに入って体を冷やして——」

力強い指に手首をつかまれ、リビーはその場を動けなくなった。「食べた直後に運動するのはよくないよ、アガペ・ム。それに、そろそろ僕を避けるのをやめたらどうだい？ 休養もとったし、顔色もよくなった。もう逃げる必要はないじゃないか」

「逃げてなんかいないわ」リビーは呼吸を荒らげて言った。

「君はオークションの夜からずっと逃げつづけている」アンドリアスはリビーを引き寄せた。「そろそろ気持ちを通じ合わせてもいいころだろう」

アンドリアスが顔を近づけてくるのを、リビーはなすすべもなく見ていた。もはやキスは避けようがない。永遠に終わらないように思える腹立たしい数秒間、彼の唇はリビーの唇の上をさまよっていた。体を期待で燃えあがらせるくらいまで近づきはするが、キスをして彼女の中にわき起こっている激しい欲望を満足させてくれるわけではない。

ついにアンドリアスが唇を触れ合わせると、リビーの震える体を興奮の波が一気に駆け抜けた。

彼が手でリビーの顔をやさしく押さえ、舌を差し入れてきた。リビーは思わず唇を開いてキスに応《こた》え、彼の舌に自分の舌をからませた。

アンドリアスがやっと顔を上げると、リビーはぼんやりと彼を見あげた。それからなんとか声をしぼり出した。「私は……私は話をするのだと思ったのに」

アンドリアスはほほえみ、キスのせいで腫《は》れたリビーの唇に触れた。「僕は話をするとは言わなかったよ、アガペ・ム。気持ちを通じ合わせようと言ったんだ。ボディ・ランゲージを使ってね」ハスキーな声とともに、再びアンドリアスの唇が近づいてきた。

リビーは小さく声をもらしながら繰り返した。

「ボディ・ランゲージ？」

アンドリアスはゆっくりと笑みを浮かべた。「君が本当のことを言っているかどうか知るには、それしかない。君はいつも心にもないことばかり言うからね」

彼の唇はまだすぐそばにあり、リビーは会話に集中するのがむずかしかった。「たとえば？」

「たとえば、〝私は興味がないの〟とか、〝あれは単なるセックスよ″とか。口で言っていることと体が言っていることが違うんだ。だから今から言葉は禁止だ」

リビーは本当は自分も話などしたくないことに気がついた。やさしいのに容赦ないアンドリアスのキスに、徐々に正気を奪われていく。

今度のキスは激しく、そしてひどく貪欲《どんよく》だった。彼の熱い高ぶりを感じると、リビーは自分たちの間をさえぎる衣類がじゃまに思えた。

リビーは両手を彼のシャツの下にすべりこませ、うめき声をもらしながら彼の温かい肌と盛りあがった筋肉をさぐっていった。

アンドリアスは肩紐《ひも》のついたリビーのトップスを持ちあげ、一瞬だけ唇を離してそれを彼女の頭から脱がせ、太陽に照らされたテラスの床に落とした。そのあとにショートパンツとブラジャーが続いた。今やリビーはさっきまでビーチで着ていた小さなビキニのパンティだけしか身につけていなかった。

アンドリアスは軽々とリビーを抱きあげ、寝室へ運んだ。それから呼吸を荒らげ、自分のシャツを引きちぎるように脱いでリビーの上におおいかぶさった。そして、彼女がすすり泣くまでキスを続けた。

リビーの体から最後のじゃまものを取り除くと、アンドリアスは身をかがめて彼女の胸の蕾《つぼみ》を口に含んだ。リビーは体を焼き尽くしそうな欲望から逃れようと、激しく身もだえした。

そう簡単に望みのものを与えるわけにはいかない。アンドリアスはリビーを駆りたてつづけ、唇で胸を愛撫《あいぶ》すると同時に手をそっと腹部に伸ばしていった。

スムーズな動きでアンドリアスがすべてを脱ぎ去ると、リビーは高まる期待のせいで息がとまりそうになった。

「僕を見てくれ、リビー」ハスキーな声がぼんやりしたリビーの頭を貫いた。彼女の目はくっきりと欲望の浮かんだアンドリアスの瞳に釘《くぎ》づけになった。リビーは彼の熱い体を感じつつその首にしっかりと腕をまわした。

やがてアンドリアスが体を重ねてきた。リビーは彼がいかに激しく自分を求めていたかを感じ、さらに深く彼を迎え入れようとした。アンドリアスに熱いまなざしで見つめられ、リビーは声をもらして彼の肩に爪をくいこませた。

二人は興奮の頂点に達した。リビーは彼の体に脚を巻きつけた。

そして、もうこれ以上耐えられないと思った瞬間、求めていたとおりの至上の喜びが訪れた。リビーはアンドリアスの名前を呼びながら彼にしっかりとしがみつき、天国へ飛び立った。

しだいに呼吸が落ち着いてくると、アンドリアスはリビーの隣で仰向けになり、彼女を自分の方に強く引き寄せた。

リビーはアンドリアスの腕の中で、彼に向かって弱々しくほほえんだ。「食べてすぐに激しい運動をしてはいけないと言わなかった？」

アンドリアスは首を傾けてキスをしてから、ゆっくりと言った。「それは運動の種類によるな」

リビーは彼の胸に頭をのせたまま目を閉じた。この瞬間が終わらなければいいのに。

なにもかもが完璧に思える。

だが、そんなはずはなかった。

「なにか着たほうが――」

「だめだ。今回はどこにも行かせない」アンドリアスは再びリビーにおおいかぶさり、顔にかかった彼女の髪をうしろに撫《な》でつけた。「ボディ・ランゲージで気持ちを伝え合ったんだから、今度は君が僕への思いを打ち明ける番だ」

リビーは息をとめて尋ねた。「あなたへの思い？」

「そうさ」アンドリアスはもの憂げにほほえんだ。

「なぜ私があなたに思いを寄せているなんて思うの？　これは単なるセックスよ、アンドリアス」

アンドリアスは含み笑いをしてから、首を曲げてもう一度リビーにキスをした。「またその言葉か。教えてくれ、リビー。君は今まで何度こういうセックスを経験した？」

「そうねえ……一、二度かしら……」リビーは乾いた唇を湿らせ、さりげない表情を装おうとした。

アンドリアスは額をリビーの額にくっつけた。「君は嘘《うそ》をついているね、アガペ・ム。君にこんなセックスの経験があるはずはない」

「あら、ずいぶん傲慢ね」

「僕にそれがわかるのは」アンドリアスはリビーの言葉を無視して言った。「僕にとっても初めての経験だからさ。僕と君の間にはなにかが起きたんだよ、リビー。特別ななにかが」

「ばかばかしい」

「そうかな？」アンドリアスはかすかに身じろぎし、リビーにぴったりと体を押しつけた。「だったら、君はなぜパーティの夜に逃げ出したんだい？」

「あれで終わりだったからよ」アンドリアスの胸毛がリビーの胸の蕾をくすぐったが、彼女はなんとか意識を集中しようとした。

「君はいつも、さよならも言わずに相手を捨てるのか？」アンドリアスが体を動かし、リビーは思わず声をもらした。彼はわざとこうしているのだ。「あの夜君が逃げ出したのは、僕たちの間に起きたことがあまりにもすばらしかったからだ。それで君は恐ろしくなって正気を失い、パニックを起こした」

リビーは彼の体の下で身もだえした。下腹部が痛みを感じるほど熱くなってきた。

「アンドリアス……」

彼はリビーのブロンドの髪を手ですいた。「さあ、自分が今なにを感じているか言うんだ、リビー」

リビーはアンドリアスを見あげ、黒い瞳に浮かんだ激しい感情に気づいて我を失った。「あなたが欲しいの……」

アンドリアスはいらだたしげにうめき、身をかがめて彼女の唇を奪った。「あれが単なるセックスなんかではなかったと認めるんだ」

リビーは体を弓なりにそらしてあえいだ。「アンドリアス、お願い……」

「だめだ」低くうなるような声だった。「君が自分の感じている気持ちを認めない限りは」

リビーはすすり泣いた。「アンドリアス……」

「僕は君を愛しているんだ、リビー」

その言葉を聞き、リビーの呼吸と心臓が同時にとまった。

彼が私を愛している？

聞き違いかと思ってリビーが黙りこんでいると、アンドリアスはため息とともにかすかに体を動かし、彼女を見た。

「聞こえたかい？」

リビーはゆっくりとうなずいた。

「じゃあ、今度は君が僕を愛していると言う番だ」

リビーはパニックに陥った。私は彼を愛してなどいない。愛したいとも思っていない。そんなことをしたら、きっと私は傷つき……。

「単なるセックスじゃないの、アンドリアス。すばらしいセックスだったのは認めるけど、単なるセックスであることに変わりはないわ」

アンドリアスは不愉快そうにうめいた。「セックスがすばらしかったのは、僕たちが愛し合っているからだ、リビー。君は男に対してこんな気持ちになったことがない、だから怖がっている。なぜそれを認めないんだ？」

リビーの鼓動が苦しいほど激しくなった。「わかったわ。私は男性に対してこんな気持ちになったことはないわ。だから怖いの」彼女が言うのを聞き、アンドリアスはため息をついた。

「男女が真剣にかかわり合うのは間違いではないんだよ、リビー。君はいくつかの悪い例を見てきたんだろうが、この世界に幸せな夫婦がいないというわけではない。僕の両親は四十年間幸せな結婚生活を送った。なぜ素直に僕を信じてくれないんだ？」

リビーは唇を噛《か》み締めた。「あまりにも事の展開が早すぎるし、あまりにも話がよくできすぎていて信じられないの。それに、お伽噺《とぎばなし》は必ずハッピーエンドとは限らないのよ」

「だったら、驚かないように心の準備をしておいたほうがいい」アンドリアスは頭を下げてリビーにやさしくキスをした。「この特別なお伽噺は、考えられる限り最高のハッピーエンドで終わるんだ」

9

アンドリアスはテラスの木陰でコーヒーを飲んでいた。

もう午前十時過ぎだが、リビーは姿を見せない。しかし、昨夜ほとんど眠らせなかったことを考えれば当然だろう。

一方アンドリアスは夜明けとともに起き出し、留守中にたまっていた山のような家族関係の書類を整理していた。

やっと最後の書類にサインをして目を上げると、テラスへ続くドアのところにリビーが立っていた。明るいブルーのトップスと白のショートパンツを身につけている。

彼女の脚に視線を落とすと、アンドリアスの中に欲望がこみあげてきた。昨日はほぼ一日中愛を交わし、夜の間もほとんど愛し合っていたのに、体はまだ彼女を求めている。

だが、リビーはまだ僕を愛していると言わない。

「ごめんなさい、寝過ごしてしまったわ」

アンドリアスは鋭く息を吸いこみ、書類を投げ出した。

リビーを見たらただ一つのことしか考えられない。

「よく眠れたようだね」アンドリアスはかすれた声で言った。リビーは自分がどんな影響を与えているかわかっているのだろうか。たぶんわかっていないだろう。さもなければあんなショートパンツをはくはずがない。「こっちへおいで」

リビーが近づいてくると、アンドリアスは彼女を膝にのせ、顔にかかった髪を払ってキスをした。

「愛してる」アンドリアスはリビーの唇に向かってうめくように言った。

リビーはアンドリアスの膝から下りた。その瞳には混乱の色が浮かんでいた。「アンドリアス……」

「僕を信じるんだ、リビー」

「海に行きましょう」

アンドリアスはため息を押し殺した。リビーが築いている防御の壁を打ち破るには、あとどれくらいかかるだろうか？

二人は泳いだり話したり愛し合ったりして毎日を過ごした。時間は矢のように過ぎていった。ここになら何日でもいられると、リビーは思った。

この家と砂浜には魔法のような力がある。

リビーは寝不足を解消しようとサンデッキに横になり、目を閉じた。そのとき、下腹部になじみのある引きつるような痛みを覚えた。

心臓が飛びあがり、彼女は部屋に駆けこんで生理が始まったのを知った。

そして、得体の知れない悲しみに襲われ、バスルームに行って涙を流した。彼女は頭が痛くなるまでタイルの壁に額を押しつけ、泣きつづけた。

自分でもなぜ泣いているのかわからなかった。妊娠していなかったのだから安心するはずなのに、なぜこんなみじめな気分になるのだろう？

がっしりした胸に抱き寄せられるまで、リビーはアンドリアスがバスルームに入ってきたことにも気がつかなかった。

彼女はしばらくなにも言わずにすすり泣いていたが、それからアンドリアスが差し出すティッシュを受け取って思いきりはなをかんだ。

「どうして泣いてるんだい？」

リビーは首を横に振り、ティッシュをまるめた。動揺していてなにも言えなかった。

「リビー」アンドリアスは両手でリビーの顔を包み、自分の方を向かせた。「話してごらん」

「なんでもないわ」リビーはしゃくりあげた。「これは私の問題であって、あなたの問題ではないの」

アンドリアスの顔が暗くなり、手に力がこもった。

「もしそれが僕の考えている問題なら、僕にもおおいに関係がある」

リビーは目を閉じ、首を横に振った。彼は誤解しているようだ。「もうやめて、アンドリアス……」

アンドリアスは穏やかに言った。「どうして泣いているのか話してくれ。僕が君の妊娠をいやがっていると思ってるなら、それはとんでもない誤解だ」

リビーはアンドリアスから体を離し、てのひらで頬を伝う涙をぬぐった。「妊娠したから泣いてるんじゃないわ」彼女はむせながら言った。「妊娠していなかったから泣いているのよ。わかった？」

「妊娠していなかったから？」

その言葉に再び動転し、リビーは顔をゆがめた。

「そのとおりよ。私は妊娠していなかったの。さあ、私を一人にしてもらえる?」

アンドリアスは背を向けたリビーの腕を強くつかみ、自分の方を向かせた。

「妊娠していなかったのに、なぜ泣いてるんだ?」

リビーの目から再び涙がこぼれた。「それは私が妊娠したかったからよ。あなたの赤ちゃんが欲しかったからだわ。私って本当にばかでしょう?」

アンドリアスはリビーをじっと見つめた。「なぜ僕の子供が欲しかったんだい、リビー?」

「わからないわ」リビーはつぶやいた。

「いや、君はわかっている。なぜだい、リビー?」

リビーはしゃくりあげた。「あなたはものすごくハンサムだから、きっとかわいい子供ができると思ったのかしら?」

アンドリアスは片方の眉をつりあげ、口元をかすかにゆがめた。「じゃあ、君は遺伝子のために僕を選んだのか?」

「そうかもしれないわ」

「やめるんだ、リビー。本当のことを言ってくれ」アンドリアスはやさしく促した。「一度でいいから、自分に正直になるんだ」

リビーは両手を広げ、アンドリアスをにらみつけた。「わかったわ、あなたを愛しているのよ」彼女は大声で叫んだ。「心の底から、あなたを愛しているの。でも、そんな気持ちは長続きしないと知っているから怖いのよ。それに、妊娠していないとわかったときもひどい気分だったわ。ついさっきまで、妊娠したいと思っていたかどうかもさだかではないのに。なんて筋の通らない話かしら」

「いや、それは今までで最高のニュースだ」アンドリアスはうめくように言い、リビーを抱き寄せた。「実は、君に自分の気持ちを認めさせるのは無理だと思いはじめていたところだった」

リビーは唇を震わせながらアンドリアスを見あげた。「私は妊娠したかったわ」

　アンドリアスはゆっくりとほほえんだ。「その望みはきっと叶《かな》えてあげるよ」彼は請け合い、身をかがめてリビーにキスをした。「何人でも好きなだけ子供を産んでくれ。僕は子供が大好きだ。だが、同じ考えの女性にめぐり合うのは無理だと思っていた」

　リビーはわけがわからずまばたきをした。

　アンドリアスは子供が欲しかったのだろうか？

私との子供を？

「でも、あなたは翌朝用のピルを勧めたわ」

　アンドリアスはリビーの目を見つめて首を横に振った。「いや、それは僕が一番してほしくないことだった」

「だったらなぜあんなことを言ったの？」

「君がパニックを起こしていたからさ」アンドリアスは静かに言った。「君がもしピルをのむといったら、僕は賛成していたよ。でも、断ってくれたから本当にほっとした」

　リビーは動揺がおさまらないまま、アンドリアスをじっと見つめて言った。「それで、これが私たちのハッピーエンドというわけ？」

「たぶんね」アンドリアスは言い、リビーの頬の涙をやさしくぬぐった。「さあ、顔を洗うんだ。さもないと、僕は子供たちに赤い鼻をしたママにプロポーズしたと話さなくてはならなくなる」

　リビーは鼻を鳴らした。「それでプロポーズしているつもりなの？」

「いや、まだだ」アンドリアスはそっけなく言った。「もう少しロマンチックな場所でするよ。顔を洗ったらテラスに出てきてくれ。そこで正式にプロポーズするから」

　リビーの中に興奮がわき起こった。彼女はアンドリアスが出ていくのを待ってから、ヒステリックに泣きわめいた証拠を消すことに専念した。

彼は本当に私との結婚を望んでいるのだろうか？

これからの人生を二人で過ごすと考えただけで、リビーは幸せのあまりめまいを覚えた。

アンドリアスはこれから私にプロポーズをすることになっていて、私はそれにどう答えるべきかきちんとわかっている。

リビーは笑顔で寝室に戻り、ティッシュをさがして引き出しを開けた。

そして、その手紙を見つけた。

もし手書きのくっきりした文字が目に入らなかったら、もし最初のいくつかの単語が鋭利なナイフのように脳に突き刺さらなかったら、その手紙をもう一度見直すことはなかっただろう。

〝愛してるわ、アンドリアス〟

リビーは吐き気がこみあげるのを感じながら手紙を広げ、残りの部分を読んだ。

〝今週はあなたと一緒に過ごせて楽しかった。結婚が待ちどおしいわ。愛するエレーニより〟

リビーはいつまでも手紙を見つめていた。そうすればそこに書かれた言葉が別の言葉に変わるとでも信じているように。

だが、もちろんそんなことは起こらなかった。

リビーが手紙を持ってテラスに出ていくと、アンドリアスがこちらに背を向けて立っていた。

気配を感じて振り返ったアンドリアスは、リビーの顔を見て笑みを消し去った。

「顔が真っ青だよ。どうしたんだい？」

リビーはごくりと唾《つば》をのみこみ、手紙を自分の前のテーブルに置いた。「これよ」

彼は顔をしかめて手紙を拾い、すばやく目を通して鋭く息を吸いこんだ。「リビー――」

「言い訳はしないで」リビーは震える声で言った。

「これは違うんだ――」

「私はあなたを信じたわ、アンドリアス！」リビーは非難のこもった目で彼を見た。「あなたは私のことを、自分が愛したただ一人の女性だと言った。だから私はそれを信じたのに、やはりあなたも一人の女性では満足できない男だったのね！」

アンドリアスは小声で悪態をつき、リビーの方に一歩踏み出した。「僕の話を聞いてくれないか？」

「いやよ」リビーはきっぱりと首を横に振った。「あなたが私にプロポーズすると言ったときは、まさか順番待ちの列ができているとは思わなかったわ。教えて、アンドリアス。いつになったら私の番がまわってくるの？」

アンドリアスはうめき声をもらし、テーブルに拳《こぶし》をたたきつけた。「リビー、僕が君を愛していると言ってから、まだ三十分もたっていない。それなのに、君は本当に僕がほかの女性と結婚するつもりでいながらそういう言葉を口にしたと思っているのかい？」

「もちろんそう思ってるわ！」リビーは激しく胸を上下させた。「あなたこそ、本気でその女性とはなんの関係もなかったと言っているの？」

アンドリアスはいらだたしげに髪をかきあげた。

「そうは言っていない。しかし――」

「しかし、都合よく彼女の話をするのを忘れたのね」リビーはかすれた声でさえぎった。「彼女はあなたと結婚するつもりよ、アンドリアス」

長い沈黙のあと、顔を上げたアンドリアスの目には疲労の色が浮かんでいた。「いっときは僕も彼女と結婚するつもりだったが、今ではもう過去の話だ。だが、君がその手紙を見つけたことは僕たちにとってよかったのかもしれない。なぜなら、おかげで君がいっさい他人を信じることができない人だとわかったからだ」彼の声にはまったく温かみがなかった。

「僕は君を愛していると何度も口にしてきたし、あらゆる方法でそれを示してきたつもりだ。それでもまだ僕の気持ちを信じられないなら、僕たちに未来などない。相手を信じられなければ、どんな関係もうまくいくはずはない」

リビーはアンドリアスを見つめ、考えをめぐらした。これほど短い時間で、これほどの幸せと不幸を経験する人がどれくらいいるだろう？　彼が私との間に子供を作ると約束してから、まだ一時間もたっていない。それなのに、私たちの関係は粉々になってしまった。

リビーは信じられない思いで首を振った。「私の立場に立って考えてみてよ、アンドリアス。もしあなたが私の寝室でああいう手紙を見つけたら、あなたはどうしていた？」

「どうしていたかだって？」彼のハンサムな顔にはなんの感情も浮かんでいなかった。「僕はそれについて君に尋ねただろうな、リビー。なぜなら、僕は君が完全に潔癖だと説明してくれるとわかっているし、君が愛しているのは僕だと知っているからだ。僕は君を信じているんだ、いとしい人《アガペ・ム》」

リビーは黙りこんでアンドリアスを見つめた。やがて彼は悲しげな顔でゆっくりと首を振った。

「僕は君を愛しているんだ、リビー。そして、君が僕を愛していることもわかっている。だが、君が自分のまわりに築いている巨大な壁を崩して僕を信じることを学ばない限り、僕たちは決してうまくいかない」

「アンドリアス――」

「忘れてくれ」アンドリアスは顎をこわばらせた。「午後遅くにヒースロー行きの便がある。それを予約しよう。デートは終わりだ、リビー」

10

「それで、いったいなにがあったの？」リビーを処置室に引っぱっていったケイティは、真剣な顔で尋ねた。「もう一週間にもなるのに、なにも話してくれないんだもの」

リビーは姉を見た。「お決まりの話よ」

「お決まりの話？」

リビーの目に涙があふれた。「アンドリアスにはほかに女性がいたの」

ケイティはしばらく妹を見つめていたが、やがて首を横に振った。「そんなはずないわ」

「でも、本当なのよ」

ケイティは鼻にしわを寄せ、再び首を振った。

「アンドリアスに限って、そんなことはありえないわ。彼はあなたを愛しているのよ、リブ。今までの不愉快な経験があなたにどんな深刻な影響を与えたか、私はよく知っている。でも、今度ばかりはあなたが間違ってるわ。アンドリアスはあなたに夢中よ。さあ、なにがあったのか話してごらんなさい」

「手紙を見つけたの……」リビーはあの恐ろしい午後の出来事の一部始終をケイティに話した。

「でも、おかしいじゃないの、リブ」姉はついに言った。「ほかの女性と結婚するつもりなら、なぜ彼はあなたにプロポーズしたの？」

「彼もほかの男と同じだったということよ」リビーは頑固に言い張ったが、ケイティは首を横に振った。

「アンドリアスは二人の女性と同時につき合うようなタイプではないわ。どうしてそれがわからないの、リブ？」ケイティはため息をついた。「彼はギリシア人よ。ほかの女性がいるのに、なぜあなたにプロポーズなんてするの？」

「わからないわ」リビーは正直に言った。「彼はなにも説明してくれなかったから」

「あなたのことだから、一人でまくしたてて説明の機会を与えなかったんでしょう」

リビーは言い返そうとしたが、次の瞬間、がっくりと肩を落とした。確かにそのとおりだ。私はあまりにも性急すぎたかもしれない。

「私はアンドリアスは信用できないと思いこんでしまったの」リビーはみじめな声で言った。「すべて私のせいだわ、ケイティ」

ケイティは妹を抱き締めた。「あなたは彼を愛してるの？」

リビーは弱々しくほほえんだ。「ええ、もちろん」

ケイティはにっこりした。「だったら大丈夫よ」

リビーは鼻をつまらせ、ポケットのティッシュをさぐった。「手遅れよ。もう終わってしまったわ」

ケイティは首を横に振った。「あなたはときどき救いようのないおばかさんになるわね。愛情のスイッチはそんな簡単に入れたり切ったりできるものじゃないのよ、リブ。アンドリアスが愛していると言ったなら、彼はあなたを愛しているわ。賭《か》けてもいいけど、彼も同じように苦しんでいるはずよ」

「でも、彼は私たちの関係に未来はないって」

「あなたが彼を信じることを学ばない限りはね」ケイティがつけ加えると、リビーは力なく姉を見た。

「簡単に言うけど、実際にどうしたらいいかまったくわからないわ。私はどうすればいいの？」

ケイティはほほえんだ。「まずはあなたがアンドリアスと分かち合ったものは特別だと信じることね。実際、彼と過ごすのは特別な経験だったんでしょう？」

リビーはアンドリアスに出会ってからのことを思い出した。私たちは一緒に笑い、仕事をして……信じられないほどすばらしい時間を分かち合った。

「ええ、特別だったわ」リビーがついにかすれた声で言うと、ケイティの顔に笑みが広がった。

「よかった。それを認めるのが信じることを学ぶための最初のステップよ。じゃあ、なぜアンドリアスはそれほど特別なものを捨ててしまおうとしているのかしら？」

「男性はそういうものだからよ」

ケイティは首を横に振った。「いいえ、違うわ。もちろん男女の関係はうまくいかない場合もあるけど、二人の関係が特別ならそれはずっと変わらないし、うまくいかないはずがないのよ、リビー」

リビーはかすかにほほえんだ。「あなたはまた精神科医に戻ろうとしているわ。救急医療室のドクターをやめるつもり？」

ケイティは腕時計をちらりと見て顔をしかめた。「すぐに戻らないと、本当にやめることになりそうだわ。でも、私は真剣よ、リビー。あなたたち二人には分かち合っている特別なものがあって、それはどちらからも捨てるべきではない。その事実をきちんと認めなさい」

リビーは黙って姉の言葉に含まれる真実を噛《か》み締めていた。「それで、私はどうしたらいいの？」

ケイティはにっこり笑った。「アンドリアスを求めているなら、彼を手放してはいけないわ」

「でも、彼がもう私を求めていなかったら？」

ケイティはため息をついた。「またそんなことを言って。愛は一晩では死なないわ、リビー。アンドリアスはまだあなたを求めているけど、自分たちが分かち合ったのは特別なものだということを、あなたにも信じてほしいのよ。あなたは彼にきちんと示す必要があるわ。二人の分かち合った経験は特別なものだから、私は決してあきらめるつもりはないと」ケイティは妹をもう一度抱き締めてから、ドアに向かった。「おなかが目立たないうちにあなたの花嫁付添人を務めたいから、うまくやってちょうだいね」

ケイティはそう言い残し、部屋を出ていった。リビーは姉との会話が頭を離れないまま病棟に戻ったが、すぐにベヴがやってきて言った。

「やっと見つけたわ。もうすぐ開業医のところから高熱と嘔吐《おうと》の症状がある三歳の子供が送られてくるの。予備の病室を用意してくれる、リビー？」

リビーは急いで部屋を整え、念のために腰椎穿刺《ようついせんし》の器具を揃《そろ》えたワゴンを準備した。

ちょうど部屋の準備が終わったころ、救急隊員によって幼い少年が運ばれてきた。

「マックス・キングです」救急隊員の一人が言った。「症状はゆうべからだそうですが、急速に悪化しています」

患者には上級研修医のジョナサンがつき添っていたが、彼はひどくうろたえていた。「アンドリアスを呼び出しているんだが、つかまらないんだ」ジョナサンは小声で言った。自分の手には負えないと言いたいらしい。リビーは子供を一目見てその理由を理解した。

子供はうとうとしてはいるが、刺激に過敏になっていて、呼吸もひどく速い。皮膚に触れてみると、乾燥していて火のように熱かった。相当な高熱だ。

「もう一度アンドリアスを呼んでみるよ」ジョナサンが部屋を出ていこうとしたので、リビーは彼の腕をつかんだ。

「まだペニシリンは打ってないの？」リビーは両親に聞こえないように声をひそめ、急いで尋ねた。

ジョナサンは首を横に振った。「アンドリアスに診てもらってからにしようと思ったんだ。発疹《ほっしん》も出ていないし――」

「すぐにペニシリンを注射して」リビーは静かに言

った。「髄膜炎は発疹が出るとは限らないのよ。それに、この子はひどく弱ってるわ。まずペニシリンを打って、あとからほかの検査をしましょう。頭蓋《ずがい》内圧が上がっている徴候も出ているし」

リビーは以前にも髄膜炎の子供を看護した経験があり、それが致命的な病気であるとよくわかっていたので、アンドリアスが来るまでなにもせずに待っているつもりはなかった。

ジョナサンはためらいつつもうなずいた。「わかったよ。君がそう思うなら」

「ええ、そう思うわ」リビーはきっぱりと言い、両親にこれから抗生物質を注射すると説明したうえで、子供の体重を尋ねた。その数字から薬の適量を計算し、彼女はジョナサンにペニシリンを渡した。

マックスの母親ヘザーが青い顔をして尋ねた。

「髄膜炎でしょうか？」

「可能性はあります」リビーはやさしく言った。「それで早目にペニシリンを打つんです。もうすぐ顧問医が来ますから、そうしたら――」

「僕ならここにいるよ」

その声を聞き、リビーの中に安堵《あんど》がこみあげた。

「ドクター・クリスタコスです」リビーはマックスの両親に向かって言いながら、自分がどんなにアンドリアスを愛しているか、どんなに彼を信頼しているか改めて実感していた。

アンドリアスはすぐに子供のそばにやってきた。

「かわいそうに」彼はやさしくつぶやき、大きな手で腹部に触れた。「ペニシリンは打ったかい、ジョナサン？」

「はい」ジョナサンはリビーに感謝のこもったまなざしを向けた。「リビーにそうしたほうがいいと言われたので」

「いい判断だった」アンドリアスは言い、診察を終えると体を起こした。「すぐに腰椎穿刺だ。ワゴンを持ってきてくれ」

「用意できているわ」リビーはワゴンをそっと前に押し出した。

アンドリアスは一瞬口元に笑みを浮かべてから、シンクに行って手を洗いはじめた。そのあと、彼は両親にこれからおこなう処置について説明した。ヘザーは心配そうな顔をして夫にしがみついた。

「外でお待ちになったほうがいいかもしれません」アンドリアスは言ったが、ヘザーは首を横に振った。

「いいえ、あの子を一人にはできませんわ」

アンドリアスがリビーを見た。「処置室を使おう。まずは管を入れるが、そのあと腰椎穿刺をするときはだれかに押さえていてもらいたい」

「私がするわ」リビーは即座に言った。

数分後、処置室の準備が整うと、アンドリアスはまず管を挿入した。リビーはマックスの小さな体をそっと横向きにし、膝が顎につくくらいまで体をまるめさせた。

アンドリアスは皮膚にペンで印をつけてから消毒し、まわりを滅菌したガーゼでおおった。続いて局部麻酔を塗り、リビーに目で合図をした。

「準備はいいかい？」リビーはうなずき、マックスをしっかりと押さえた。

アンドリアスは静かに針を刺し、ベヴが用意した小さな三本の瓶に四滴ずつ髄液を垂らしていった。

それが終わると、傷を消毒してガーゼでおおった。

「終わったよ」アンドリアスは椅子を押して立ちあがり、手袋をはずして近くのごみ箱にほうった。

「サンプルを至急研究室に送ってくれ」

アンドリアスはジョナサンを振り返り、このあとおこなうべき検査と処置に関する指示を与えた。それから彼はマックスの両親に視線を向けた。

「ご心配だったでしょうが、緊急事態だったのでお話しする暇がありませんでした。なにかお知りになりたいことがありますか？」

ヘザーの目に涙があふれた。「とても具合が悪そうですが、なにが起きたのでしょうか？」

「それは検査結果が出てから説明しましょう」アンドリアスはしきりに体を動かしている子供に気づき、顔をしかめてシーツをめくった。「発疹が出てきた」

リビーが彼の視線を追うと、子供の全身に発疹が広がっていた。

アンドリアスはリビーを見たが、その瞳には温かい色が浮かんでいた。「ペニシリンを打ったのはいい判断だった」やさしく言われ、リビーはごくりと唾《つば》をのみこんだ。

二日が過ぎ、マックスは回復しはじめた。

アンドリアスは最初のうちこそ定期的に病棟に姿を見せていたが、マックスが危機を脱するとその回数も減った。

彼はわざと私と顔を合わせないようにしているのだろうか？　リビーはそう思った。

私がどうしても話をしたいと思っているのがわからないのだろうか？

ついにリビーはある計画を立て、アンドリアスが病棟に現れるのを今か今かと待っていた。

アンドリアスが現れたのは、彼女の勤務時間も終わりに近づいたころだった。

「帰る前にようすを見ておこうと思ってね」彼はリビーのわきを通り過ぎながら言い、病室に入って小さな子供に笑いかけた。「おや、ずいぶん元気になったな」リビーがプレイルームで見つけてきたおもちゃの自動車でうれしそうに遊んでいるマックスを見て、彼はつぶやいた。「運のいい子だ」

リビーは子供を診察しているアンドリアスを見てうなずいた。「開業医はなぜペニシリンを打たなかったのかしら？」

アンドリアスは体を起こして言った。「わからないな。だが、もっと早く君のお兄さんのアレックスを呼んでいれば、事態は違っていただろう」

リビーはほほえんだ。「アレックスはもうロンドンを離れるの。コーンウォールで仕事を見つけたのよ」彼女はそこで深呼吸をしてから続けた。「あなたに渡したいものがあるの、アンドリアス」

リビーはポケットに手を入れて封筒を取り出した。彼女はそれをこの一週間ずっと持っていたのだった。

アンドリアスは受け取って封を開けようとしたが、そのときベヴがドアから顔をのぞかせ、救急医療室から緊急の呼び出しですと告げた。

「またかい？」アンドリアスは目をくるりと動かし、封筒をポケットに入れた。「あとで会おう。長くかからなければの話だが」

あいにくその仕事は長引き、リビーは先に仕事を終えてフラットに帰った。そして、古いジーンズとぴったりしたピンク色のキャミソールという格好でホットチョコレートを作っていたとき、玄関の呼び鈴が鳴った。

ドアを開けるとアンドリアスが立っていて、リビーの鼓動がとたんに速くなった。

アンドリアスが彼女の顔の前で封筒を振った。

「君のよこした千ポンドの小切手だ」

リビーはうなずき、アンドリアスが通れるように片側に寄ったが、彼は不機嫌そうに顔をしかめて続けた。

「僕は君に金を貸してはいない。僕はデート代を払い、デートをしただけだ」

「今度は私の番よ」リビーはかすれた声で言った。

「私はあなたとデートをしたいの、アンドリアス」

長い沈黙のあと、ついに彼は玄関に足を踏み入れ、背後でしっかりとドアを閉めてから尋ねた。

「いったいどういう意味だい？」

「私とデートをしてほしいの、アンドリアス。あなたがデートを申しこんでくれるはずはないから、私から申しこもうと思って」

「なぜ僕とデートをしたいんだい？」彼の声はひどくかすれていた。

「なぜなら、あなたと一緒にいたいからよ」リビーは率直に言った。「なぜあなたと一緒にいたいかというと、私はあなたを愛しているから。そして、私たちが分かち合った経験はあまりにも特別で、決して忘れられないとわかったからよ」

アンドリアスは一瞬、目を閉じた。「君は僕を信じていないと思ったが」

「私が間違ってたわ。もちろん私はあなたを信じているの。あの手紙に過剰反応してしまってごめんなさい。あなたとの間に起きた出来事は初めてのことばかりで、そのうえものすごく特別な経験だったから、このままうまくいくなんてどうしても信じられなくて」

アンドリアスはまだリビーに近づこうとしなかった。「エレーニのことは知りたくないのかい？」

リビーは首を横に振った。「私が知りたいのは、あなたが私を愛しているということだけよ。大切なのはそれだけだわ」

アンドリアスはうめき、リビーを抱き寄せた。「僕は君を愛している。だが、君に僕を信じさせるのは無理だとあきらめていた」

リビーは彼の胸に顔を埋《うず》めた。「ごめんなさい。だれかを愛したのは初めてだったから」

アンドリアスはリビーの顔を両手ではさみ、自分の方を向かせた。「僕も悪かったよ。君にとって人を信じるのがどんなに大変なことか、本当にはわかっていなかった。君が自分のまわりに築いていた壁は僕の想像よりはるかに高かったよ」

「それが生きていく唯一の方法だと思ったの」

　アンドリアスはリビーの頬をやさしく撫《な》でた。

「君の両親のことを話してくれないか？　君がなぜそんな考え方をするようになったのか、理解したいんだ」

　リビーは深く息を吸いこみ、アンドリアスから少し体を離した。「私たちの両親はふつうの親とは違っていたの」

「そんなにひどかったのかい？」

「ひどいどころじゃなかったわ。私たちが二十九歳になるまで、両親が愛し合っているように見えたことは一度もなかった」リビーは辛辣《しんらつ》な口調で言った。「いつも喧嘩《けんか》ばかりで、父は酔うと……」

「酔うとどうしたんだい？　暴力を振るったのかい？」

「ときどきね」リビーは指で額をこすった。「一度、私たちが寄宿舎から帰ってきているときに父が暴力を振るったことがあって、アレックスがクリケットのバットを持って父に立ち向かったの。私が警察を呼んだんだけど、父はそのことを一生許してくれないでしょうね。でも、問題は暴力だけじゃなかった。両親はお互いに対して愛情のかけらも見せなかったし、父は次から次へと愛人を作っていたのよ」

「でも、二人はまだ一緒にいるんだろう？」

「驚いたことにね」リビーは苦笑した。

「そうか。そんな状況では、男女が愛し合うことを君が信じなくなったのもわかる気がするな」

「両親だけじゃないわ」リビーは打ち明けた。「ジエイゴは別として、私が出会った男性はみんな信用のならない、道徳心のない人たちばかりだった。アレックスだって、私は大好きだけど女性の敵には違いないし」

「それに、フィリップも？」

　リビーは笑った。「彼とは真剣につき合ったわけじゃないけど、私の自尊心がひどく傷ついたという意味では同じことね。だから私とあなたの間に起きたことも信じられなかったの」リビーは顔を赤らめ、唇を噛んだ。

　アンドリアスはほほえみ、それからため息をついた。「エレーニのことを話すよ、リビー」

「そんな必要は――」

「僕は話したいんだ」アンドリアスはきっぱりと言った。「エレーニと出会ったのは、ボストンで働いていたときだった。エレーニは弁護士で、アテネの会合で会って以来、顔見知りだった。デートをするようになったのは、二人ともギリシア人だったからだと思う」

「彼女を愛していたの？」

「いや。それが問題だった」アンドリアスは皮肉っぽくほほえんだ。「彼女は結婚を強く望んでいた。最初は僕を愛しているからだと思ったが、本当は結婚によって得られる社会的信用を手に入れたかったようだ。彼女は三十二歳で、僕たちギリシア人の社会では独身でいるにはぎりぎりの年齢だった。そんな状況から抜け出すには僕がちょうどよかったんだ。それで彼女はあんな手紙を書いた。まさかあれがまだ引き出しに入っているとは思わなかったよ」

「それで、どうなったの？」

　アンドリアスは顔をしかめた。「エイドリエンがやってきたのさ。母は、僕がエレーニと結婚するかもしれないと知って心配していた。彼女は僕にふさわしい女性ではないと、母はわかっていたんだ。それで急に、エイドリエンを僕に預けると言いだした。エレーニは僕が姪《めい》を預かると知り、急に僕への興味を失った。彼女はおよそ母親向きではない女性だったから、気まぐれなティーンエージャーを背負いこんだら大変だと思ったんだろう。母も僕がキャリアウーマンと結婚するはずがないとわかっていた」

　リビーは目をくるりと動かした。「私はものすごい差別主義者を愛してしまったのね」

アンドリアスはにやりとした。「僕はギリシア人だよ、いとしい人《アガペ・ム》。ギリシア人の男は伝統をとても大切にするんだ。僕は喜んで一緒に子供を育ててくれる女性を求めている。君がおおぜいの子供たちに囲まれているのを見た瞬間、君こそ僕が結婚すべき相手だと思った。それに君は、僕が生涯でただ一人心から愛した女性だ。さあ、返事を聞かせてくれ、リビー。君はものすごく伝統を重んずるギリシア人男性と結婚する気はあるかい？」

「ええ。その証拠に、キッチンにあなたが驚くものを用意してあるの」

アンドリアスは眉を上げ、閉まっているドアを見た。「驚くもの？」

リビーは肩をすくめた。「見てみたら？」

アンドリアスはキッチンのドアを開け、うれしそうに叫んだ。「エイドリエン！ いったいどうしたんだ？」

エイドリエンはアンドリアスに抱きついた。「リビーがさっき迎えに来てくれたの。もう寄宿舎には戻らなくていいと、彼女は言ったわ。あなたがついに最高の家政婦を見つけたからと」

アンドリアスに問いかけるような視線を向けられ、リビーは顔を赤らめた。「私たちのどちらかが迎えに行けるように、勤務時間を調整すればいいと思ったの」

アンドリアスは笑顔でリビーに手を差し出した。

「つまり、君の答えはイエスだということかい？ 君はハッピーエンドを信じないと言っていたが」

リビーは部屋を横切り、二人に腕をまわした。

「あなたに会う前はそうだったわ。答えはもちろんイエスよ。ねえ、私たちは結婚するんだから、エイドリエンの前であなたにキスをしても、ヤヤは気にしないわよね？」

リビーは返事を待たず、背伸びをしてアンドリアスの唇に長いキスをした。

エイドリエンが興奮して叫んだ。「あなたたちは本当に結婚するの？　私は花嫁付添人になれる？」

「もちろんよ！　でも、そのためにはまたショッピングに行かないとね！」

アンドリアスはうめいた。「僕はあの美容師にだけは近寄りたくない」

リビーは瞳をきらめかせた。「誘惑されると困るから？」

アンドリアスはリビーを引き寄せた。「僕を誘惑できるのは世界でただ一人さ、アガペ・ム。それを忘れないでくれ」

リビーはキスを求めて顔を上げた。「わかったわ」

エピローグ

披露宴はおおいに盛りあがっている。リビーは椅子にゆったりと座り、ダンスを楽しむ人々を眺めていた。

「そんなに幸せそうな顔をしないでくれ」アレックスがリビーの隣に椅子を引いてきて、長い脚を投げ出して座った。「さすが、メニューにはいろいろなチョコレートが使われていたな」

リビーは笑った。「おいしかったでしょう？」

「チョコレートのかかった海老《えび》以外はね」アレックスは皮肉っぽく言い、勝手にリビーのシャンパンを飲んだ。「味覚がおかしくなりそうだったよ。アンドリアスはどこだい？」

「ケイティと話してるわ。彼女はなんとかしてハネムーンの行き先を聞き出そうとしているの」

「君もまだ知らないのかい？」

「ええ。秘密なんですって」リビーは夢見心地でため息をついた。「ロマンチックでしょう？」

「どうかな」アレックスはシャンパンをぐいとあおった。「まだどこに行くか決めていないだけだろう」

リビーは穏やかにほほえんだ。「今日はおめでたい日だから、人を殴る気分ではないの。ところで、今日のあなたのお相手はどんな女性？」

アレックスは部屋を見まわし、ほかの客たちと一緒に談笑しているブロンド女性に視線をとめた。

「君のチョコレートと同じだ。ほんの少しで十分ってところさ」

「あなたの問題は、いつも間違った相手を選ぶことね」リビーがとりすまして言うと、アレックスはいたずらっぽくほほえんだ。

「わかってる。わざとそうしてるんだ」

リビーは手を伸ばし、アレックスの手を握った。

「私はあなたに幸せになってほしいのよ、アレックス」

アレックスはうんざりしたように妹を見た。「僕は今も幸せだよ」

リビーは首を横に振った。「いいえ、私はあなたに身を固めて子供を持ってほしいの」

アレックスは皮肉っぽく片方の眉をつりあげた。

「僕に幸せになってほしいんじゃないのかい？」

「自分の子供が欲しいと思ったことはないの？」

アレックスの青い瞳がふいに冷たくなった。「いや、ないね」

「あなたは立派な父親になれるのに」

アレックスのハンサムな顔からユーモアの色が消えた。「そんなはずはないだろう」

「どこかにきっと、あなたにぴったりの女性がいるはずよ」

アレックスはシャンパンを飲みほして言った。

「だとしたら、その女性に見つからないようにおとなしくしているよ」彼はグラスをテーブルに置き、青い瞳をぎらつかせた。「僕は女性と深くかかわり合いたくないんだ。君もわかっているだろうが」

「私もそうだったわ。でも、今の私を見て」

「見ているさ」アレックスはもの憂げに言い、口元にかすかに笑みを浮かべた。「男の客の視線は君に釘《くぎ》づけだよ。そんな短い丈のドレスを着た花嫁は初めて見たな。生地が足りなかったのかい？」

「お気に入りの靴が隠れてしまうのがいやだったのよ」リビーは答えて身を乗り出し、アレックスにキスをした。「あなたは私の悩みの種だったけど、いなくなると思うと寂しいわ。なぜコーンウォールなんかに行くの？　なぜロンドンの診療所ではいけないの？」

「救急医療室の忙しさが懐かしいんだ」

リビーは目を見開いた。「またあの世界に戻るつもり？」

「コーンウォールでね。ちょっと気分を変えたくなったんだ。ロンドンのブロンド女性は卒業さ」アレックスはそっけなく言って立ちあがり、ちょうど近づいてきたアンドリアスに向かって軽くうなずいた。「本当にこんな女性と結婚して大丈夫なのかい？」

「もちろん大丈夫さ」アンドリアスはリビーに片手を差し出し、ゆっくりとほほえんだ。とたんに彼女の鼓動が速くなり、兄のことが頭から消え去った。今彼女の頭にあるのは、愛する男性との未来だけだった。

リビーも立ちあがり、片手を伸ばした。「そろそろお皿を割る時間ね、ドクター・クリスタコス」

アンドリアスはリビーをダンスフロアへ導いた。

I-1774

Image

プレイボーイにさよなら

サラ・モーガン／竹中町子 訳

三つの愛の詩 III

気になる次回作を試し読み!

HARLEQUIN
IMAGE®
ハーレクイン・イマージュ

主要登場人物

ジェニー・フィリップス……看護婦。
クロエ・フィリップス……ジェニーの妹。故人。
デイジー……クロエの娘。
アレックス・ウエスタリング……医師。
ケイティ……アレックスの上の妹。
リビー……アレックスの下の妹。
アンドリアス……リビーの夫。
ゾーイ……リビーの娘。
アシーナ……リビーの娘。

1

「着いたわ」ジェニーはつぶやき、車のエンジンを切った。口の中はからからに乾き、心臓があまりにも激しく打っているせいでめまいさえ覚える。「さあ、いよいよあなたのパパに会うのよ」

ジェニーは一瞬目を閉じ、それから隣のチャイルドシートに固定されている赤ん坊に向き直った。

私は正しいことをしているのだろうか？

何カ月も悩みつづけ、ついにこの瞬間を迎えたのに、ジェニーの中にふいに疑いがこみあげてきた。

アレックス・ウエスタリングは本当に無邪気な赤ん坊にふさわしい父親なのだろうか？

答えは〝ノー〟に違いない。

だが、ほかにどんな選択肢があるだろう？

ジェニーは赤ん坊の頬を指でやさしく撫《な》でた。

「私は本当はこんなことをしたくないって、あなたにはわかるでしょう？　彼は医者かもしれないけど、女性に関してはよくない評判があるし、今までだれとも真剣につき合ったことがないらしいの。だから彼にあなたを引き合わせたくなんかないわ」ジェニーはそこでいったん言葉を切り、唇を噛《か》んだ。「でも、ほかに方法を思いつけなかったの。私たちには助けが必要よ。もうこれ以上私たちだけではやっていけないもの。それに、あなたは自分の父親を知る必要があるわ。アレックス・ウエスタリングが自分の責任を果たすべきときがきたのよ」

赤ん坊はうれしそうに声をもらし、足をばたばたさせた。

ジェニーは穏やかにほほえんだ。「デイジー・フィリップス、あなたは本当にかわいい赤ちゃんだわ。

彼もそう思ってくれることを願いましょう」

だが、ジェニーは楽天主義者ではなかった。アレックス・ウエスタリングに関して彼女が聞いた話や読んだ記事によると、赤ん坊は彼の人生計画には含まれていないらしい。それがどんなにかわいい赤ん坊であっても。

彼は失恋したおおぜいの女性たちをほったらかし、気ままな人生を送っている、ひどく冷酷な金持ちのプレイボーイだという。だからジェニーは彼に冷たくあしらわれるだろうと確信していた。

車を離れなくてはならない瞬間を先延ばしにしながら、ジェニーは窓の外に目を向け、太陽の光を受けてきらめく海を眺めた。今日はすばらしい日だ。だが、こんなに緊張したのは生まれて初めてだった。

「さあ、早く片づけてしまいましょう」ジェニーは歯をくいしばり、砂丘を背にして並んでいる釣人用のコテージを見おろした。「少なくとも、彼は趣味がいいようね。こんなすてきなところに住んでいるんですもの」

ジェニーは運転席のドアを開けて助手席側にまわり、チャイルドシートのベルトをはずして慎重にデイジーを抱きあげた。

それから深呼吸をして車をロックし、つぶやいた。

「覚悟なさい、アレックス・ウエスタリング。あなたはもうすぐ過去に向き合うことになるわ」

五キロほど離れた病院の救急医療室で、アレックス・ウエスタリングは診察を終えて体を起こした。

「それで？　私はもう死ぬんですか、先生？」ストレッチャーに横たわった年配の女性はアレックスをにらみつけるように見たが、彼はその瞳に浮かぶ不安げな色に気づいていた。

「死んだりしませんよ、メイヴィス」アレックスはやさしく言った。「しかし、ダンスをするのは数週間無理でしょう。踝《くるぶし》の骨が折れていますから」

老婦人は眉をひそめた。「そんなことがわかるはずないわ。まだレントゲンも撮っていないのに」

「これから撮るところです」アレックスは用紙に手を伸ばし、必要事項を書き入れながら答えた。「でも、折れているのはわかっています」

「どうして？　あなたはスーパーマンなの？　最近の医者はX線並みの視力を持っているのかしら？」

アレックスはそばにいた看護婦に用紙を渡した。

「メイヴィス、あなたは転んでから踝に体重をかけられないはずです。それに、踝の中央に触ると痛みがある……ここの骨です」彼が自分のズボンを持ちあげてその部分を示すと、メイヴィスはウインクをした。

「すてきな足ね」

アレックスは笑ってズボンから手を離した。「そう思ってもらえてうれしいですよ」

「それで、もしあなたがそんなに賢いなら、なぜわざわざレントゲンを撮る必要があるの？」

「骨折部分を正確に見たいからです」アレックスは辛抱強く言った。「お望みなら、僕がなにを求めているか詳しくご説明しますよ」

「わかったわ、レントゲンを撮るわよ」メイヴィスはアレックスをじっと見つめた。「あなたのことは知ってるわ。いつも雑誌に載っているものね。途方もないお金持ちで、名家の息子で、広大なお屋敷に住んでいるんでしょう」

看護婦がアレックスの方を神経質にちらりと見た。彼が私生活や自分の家族に関してなにも話さないことは有名だから、同僚たちもあえてその話題にふれないようにしているのだ。

一瞬、緊張に満ちた沈黙が流れたが、やがてアレックスが首を横に振って笑いだした。「ほかに僕について知っていることは、メイヴィス？」

「あなたが罪作りな男性だってことだけよ。もし記事が事実ならね」

「違いますよ」アレックスがそっけなく言うと、メイヴィスは瞳をきらめかせた。

「去年の冬もお会いしたわよね？　私が腰を痛めたときに。こんなふうにあなたに会えるなら、またどこか骨折してもいいわ」

「ばかなことを言わないでください、メイヴィス。次に僕と話したくなったときは、電話をしてください。会って紅茶でも飲みましょう。そのほうが骨折するよりずっと簡単です」

「生意気な男性ね！　八十六歳の私にデートを申しこんでいるの？」

「まあね」アレックスの青い瞳がきらめいた。「ですが、僕はどんな女性とも結婚の約束はしないと警告しておきますよ」

メイヴィスは楽しげに笑った。「私の年齢になれば、そんなことは気にしないわ。ちょっと楽しみたいだけだもの」

アレックスはほほえんでから看護婦の方に向き直った。「彼女をX線の撮影に連れていき、写真ができたらすぐに僕を呼んでくれ」

そして、診察室を出たところで、彼はたくさんのX線写真をかかえた別の看護婦にでくわした。

「僕の患者のものはあるかい？」

ティナは首を横に振った。「ないと思います。あなたはほぼ一日中、尿細管性アシドーシスの患者にかかりきりだったから、ほかのドクターがあなたの仕事をしていたんです」

アレックスは眉をつりあげた。「もし僕がそんな怠惰な一日を送っていたなら、なぜこれほど疲れきっているんだろう？」

「一晩中起きていて、今朝デスクで二時間眠っただけだからじゃありませんか？」

「確かにそれは関係があるかもしれないな。とにかく、もっとスタッフを増やすか、患者を減らさなくてはどうしようもないよ」

「今日はもうお帰りになるんですか？」

「メイヴィス・ベリングのX線写真を調べたらね」

「まあ、なんてこと！ あの気の毒な女性がまた来ているんですか？ 今度はどうしたんです？」

「踝さ。この前のときほどひどくはないが、自分の目で確かめておきたいんだ」

ティナの瞳にやさしげな色が浮かんだ。「あなたはすばらしい男性だと、だれかに言われたことはありません？」

「おかしなことに、一度もない」アレックスはもの憂げに答えた。「実際、いつも反対のことばかり言われているよ」

「仕事の面では、という条件をつけるべきだったかもしれませんね。私生活では、あなたは決してすばらしい男性とは言えませんから」ティナは瞳をきらめかせた。「あまりにも女性の気持ちに鈍感で」

アレックスはあくびをした。「やめてくれ。雑誌の記事についてメイヴィスにからかわれたばかりなんだ。僕はそろそろひと休みさせてもらうよ、ティナ。この三十六時間ほとんど眠っていないんだ。説教は聞きたくない」

アレックスは自分のオフィスへ行き、眠気と闘いながら書類仕事を始めた。しばらくすると、メイヴィスが戻ったと看護婦が知らせてきた。

アレックスはX線写真を取り出して説明した。

「これくらいですんでよかった。踝の外側の骨が折れていますが、幸い、ずれてはいません」

「なぜ幸いなの？」

「手術の必要がないからですよ。あなたに必要なのは膝下のギプスと鎮痛剤です。今後は適切な処置をしてくれる整形外科医のところに行ってもらいますよ。ハンサムな連中ですから、あなたも気に入るでしょう」

　メイヴィスは輝くような笑みを浮かべた。「それで、またあなたに会えるの？」

「いいえ、またどこか別の箇所を骨折しない限りはね。ところで、ギプスをつけた脚でどうやって一人で生活するつもりですか？」

「あなたがうちに来て、私をお風呂に入れてくれると言ってるの？」

　アレックスは笑った。「僕は、地域の保健婦や介護助手に短期間手伝いに来てもらうと言っているんですよ」

　メイヴィスは顔をしかめた。「つまらないわね」

　アレックスは必要な手配をすませると、オフィスへ行って車のキーと上着を持ち、駐車場へ向かった。

　大変な十日間を過ごし、体は疲れきっている。だが、ありがたいことに週末まであと一日だ。アレックスはゆっくり眠ったり、サーフィンをしたりして週末を過ごすつもりだった。

　なんの責任も果たさずに。


　彼は留守なのだ。

　ジェニーはもう一度呼び鈴を鳴らし、何歩かうしろに下がってその家を眺めた。それは彼女の予想とは違っていた。アレックス・ウエスタリングは私には想像もつかないほどの金持ちだから、彼の家もその華やかなライフスタイルを反映しているに違いないと、ジェニーは思っていた。だが、そうではなかった。外から見る限り、ふつうの釣人用のコテージに見える。

　いったいどういうことだろう？　ジェニーが考えをめぐらせているうちに、力強いエンジン音が近づいてきた。

とっておきの、ときめきを。
ハーレクイン

華麗なる誘惑

2005年8月5日発行

著　者	サラ・モーガン
訳　者	古川倫子（ふるかわ　みちこ）
発行人	スティーブン・マイルズ
発行所	株式会社ハーレクイン 東京都千代田区内神田 1-14-6 電話 03-3292-8091（営業） 03-3292-8457（読者ｻｰﾋﾞｽ係）
印刷・製本	凸版印刷株式会社 東京都板橋区志村 1-11-1
編集協力	株式会社風日舎

ISBN4-596-21769-6 C0297

巻末でプレミアム作品が読める、
新企画「今月のお楽しみ」8月5日刊よりはじまる！

「今月のお楽しみ」と称して、北米公式ホームページに掲載されている限定作品を巻末に特別連載します。作品はどれも日本初登場作品です。表紙の「今月のお楽しみ」マークを目印に連載のはじまる8/5刊からお見逃しなく！

8月5日発売の「今月のお楽しみ」

『愛はベネチアで 1』ルーシー・ゴードン
（バーバラ・マクマーン作『それぞれの秘密』I-1767に掲載）

『魅惑の億万長者 1』ソフィー・ウエストン
（レイ・マイケルズ作『すてきな嘘』I-1768に掲載）

ミランダ・リーの衝撃的でセクシーな作品を2冊同時刊行！

◆ハーレクイン・ロマンスより

『愛を試す一週間』R-2058　8月20日発売

タラにはマックスという恋人がいるが、忙しい彼と会うのはベッドの中だけ。愛人のような関係に複雑な心境の彼女に、ある日劇的な事件が起こる。

◆ハーレクイン・ロマンス・ベリーベストより

『王子様は、ある日突然』RVB-5（初版I-1227）　8月20日発売

傷心のオードリーの目の前に、恋人と名乗る見知らぬ男エリオットが現れた。彼女は彼に激しいキスをされて驚きつつも、心惹かれてしまう。

ジェイン・ポーターが地中海の王国を舞台に
3人の王女の恋を描く3部作「異国で見つけた恋」登場！

＜第1話＞

『スルタンの花嫁』R-2059　8月20日発売

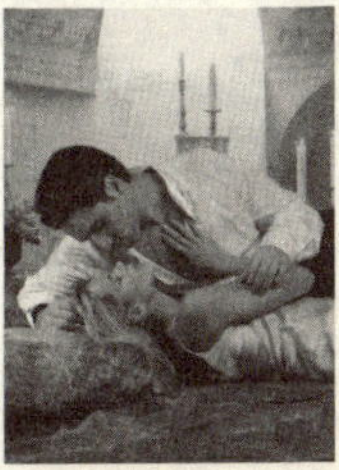

王女のニコレットはバラカ国王との政略結婚を押し付けられた姉を救うため、姉になりすまして王国へ乗り込んだ。国王を手玉に取り式直前に逃げる計画だったが、彼をひとめ見た途端、事態は予想もしていなかった方向に……。

地中海に浮かぶ島、デュカス王国の王女三姉妹の物語。次女ニコレットの1話に続き、2話の長女シャンタル、3話の末娘ジョエルの劇的な恋もお楽しみに！